CB129544

Autor _ PROUST

Título _ O FIM DO CIÚME
E OUTROS CONTOS

Copyright _ Hedra 2007

Tradução© _ Dorothée de Bruchard

Edições _ 2007 2009

Edição consultada _ *Les plaisirs et les jours*, 1896

Corpo editorial _ Alexandre B. de Souza, André Fernandes, Bruno Costa, Caio Gagliardi, Fábio Mantegari, Iuri Pereira, Jorge Sallum, Oliver Tolle, Ricardo Musse, Ricardo Valle

Dados _ Dados Internacionais de Catalogação na Publicação (CIP)

O fim do ciúme e outros contos / Proust (Tradução: Dorothée de Bruchard) – São Paulo: Hedra, 2008.

Bibliografia.

ISBN 97-8857715-060-1

1. Literatura Francesa. I. Proust.

CDD-843

Índice para catálogo sistemático:

1. Literatura francesa 2. Proust 843

Direitos reservados em língua portuguesa somente para o Brasil

EDITORA HEDRA LTDA.

Endereço _

R. Fradique Coutinho, 1139 (subsolo)
05416-011 São Paulo SP Brasil

Telefone/Fax _ +55 11 3097 8304

E-mail _ editora@hedra.com.br

Site _ www.hedra.com.br

Foi feito o depósito legal.

Autor _ PROUST

Título _ O FIM DO CIÚME
E OUTROS CONTOS

Tradução _ DOROTHÉE DE BRUCHARD

Introdução _ GUILHERME I. DA SILVA

São Paulo _ 2012

Marcel Proust (Auteil, 1871—Paris, 1922) é um dos escritores franceses mais lidos e estudados da literatura moderna. Filho de um médico católico e mãe judia, passa a infância em Auteuil, Illiers e em balneários da Normandia, na companhia de sua avó materna. Aos nove anos de idade, tem sua primeira crise de asma, que o acompanharia por toda a vida. Esse primeiro contato com a doença e o isolamento imprimiriam uma marca indelével em sua obra. No Liceu Condorcet, começa a escrever para a revista do colégio, influenciado pelo movimento decadentista. Em 1893, ingressa na Escola de Ciências Políticas, cursando direito e literatura. Na Sorbonne, assistiu a palestras do filósofo Henri Bergson, de quem era primo. Seu pai desejava que ele seguisse a carreira diplomática, mas Proust preferiu frequentar os cafés e salões da alta sociedade parisiense, onde discutia sobre arte e literatura e conheceu Ravel, Debussy, Cocteau, Gide e Apollinaire. *Em busca do tempo perdido*, sua obra máxima, é um longo romance escrito entre 1908 e 1922, dividido em sete volumes. O primeiro teve a edição custeada pelo autor e lançada por Bernard Grasset, após ser recusado pelas principais editoras parisienses, inclusive pela *La nouvelle revue française*, dirigida na época por André Gide. Recebido com certo sucesso pela crítica, a editora Gallimard volta atrás e compra os direitos do segundo volume, *À sombra das raparigas em flor*, pelo qual Proust seria agraciado em 1919 com o prêmio Goncourt, que lhe granjearia renome internacional. A memória, o embate entre o consciente e o inconsciente na formação intelectual e emocional do indivíduo são os principais temas que permeiam essa obra que, segundo seu biógrafo Georges Painter, não é propriamente fictícia, mas uma "autobiografia criativa".

O fim do ciúme e outros contos (1896) é uma seleção de narrativas curtas que apareceram pela primeira vez no volume *Os prazeres e os dias* (*Les plaisirs e les jours*), a estreia literária de Marcel Proust, com prefácio de Anatole France, ilustrações de Madeleine Lemaire e quatro partituras para piano de Reynaldo Hahn, inspiradas em poesias do autor. Assim como *Jean Santeuil*, romance inacabado, escrito entre 1895 e 1899, já prefigura o estilo e as temáticas proustianos mais tarde desenvolvidos nos volumes de *Em busca do tempo perdido*.

Dorothée de Bruchard é graduada em letras pela Universidade Federal de Santa Catarina, e mestra em Literatura Comparada pela University of Nottingham, Inglaterra. Em 1993, fundou a editora Paraula, pela qual publicou a primeira edição da tradução ora apresentada.

Guilherme Ignácio da Silva é doutor em literatura francesa pela Universidade de São Paulo.

SUMÁRIO

INTRODUÇÃO

A PRESENTE COLETÂNEA reúne alguns textos do primeiro livro publicado em vida por Proust, *Os prazeres e os dias*, editado em junho de 1896, um mês antes de o escritor completar 25 anos.

Talvez por insegurança ou por leve desejo de bajulação, Proust recorreu a três amigos célebres, ou influentes, para oferecer uma melhor decoração a um opúsculo de um jovem iniciante: o renomado escritor Anatole France redigiu um elogioso prefácio; Madeleine Lemaire, amante de France e dona de um agitado salão "artístico", fez aquarelas para ilustrar certos trechos; e, como fechamento, Reynaldo Rahn, músico amicíssimo de Proust, musicou alguns poemas. O jovem Proust já formulara a importância do trabalho solitário para o verdadeiro artista, mas seu coração de garoto parecia ainda precisar contar com a presença acolhedora das outras pessoas para se sentir mais calmo no mundo de solidão que percebia.

O projeto com o prefácio de France, as aquarelas da senhora Lemaire e os trechos musicados por Rahn acabou tornando-se uma obra coletiva. Ele guarda, contudo, a prevalência de uma certa visão proustiana das coisas. Vale então tentar pelo menos esboçar em que se constitui essa visão.

Parece ter sido André Gide que, numa coletânea de ensaios publicada em 1923, ano seguinte à morte de Proust, percebeu e formulou pela primeira vez o que de beleza essencialmente "proustiana" esses textos de juventude contêm. Relendo *Os prazeres e os dias* para escrever seu artigo, Gide muito se surpreende: "Quando releio hoje *Os prazeres e os dias*, as qualidades deste livro delicado, de 1896, parecem-me tão brilhantes que me surpreendo que não tenhamos desde o início ficado fascinados por eles."[1]

Ora, quem relê o livro de estreia de Proust e faz esse comentário é a mesma pessoa que, cerca de dez anos antes, havia simplesmente se negado a publicar *Em busca do tempo perdido*: movido pela desconfiança silenciosa de que o garoto deslumbrado e elegante que vira passear pelos salões não podia querer passar por bom escritor, Gide, segundo Céleste Albaret, governanta de Proust, devolvera o manuscrito do livro sem sequer ter desfeito os laços do embrulho que ela preparara.

Menciono o comportamento de Gide como

[1] André Gide, "En relisant *Les plaisirs et les jours*", em Marcel Proust. *Les plaisirs et les jours*. Paris, Gallimard-Folio, 1993, p. 296-298 (publicado originalmente no número especial da *Nouvelle revue française*, de primeiro de janeiro de 1923).

um exemplo desse processo progressivo de contato com uma nova forma de beleza que, de tão ofuscante e particular, não pôde inicialmente ser percebida a olho nu: faltava ao leitor Gide a dimensão do tempo. Nós já dispomos dela. E, com ela em mente, podemos apreciar o quanto aqueles trabalhos iniciais de Proust já se caracterizavam como genuinamente "proustianos".

ESQUECER-SE DA MORTE

Vejamos então alguns detalhes de cada uma das quatro narrativas selecionadas para integrar o presente volume.

O primeiro desses quatro textos trata do processo de morte de um personagem. Ou melhor, das oscilações afetivas daquele que sabe que vai morrer. A situação, interessantíssima por si só, é ainda oportunidade de o jovem Proust se exercitar na figuração dos reflexos dessa morte iminente em outros personagens, como o garoto Alexis, sobrinho do moribundo.

Alexis vai com a mãe visitar o conde Baldassare Silvande, seu tio. Temendo se aproximar de um condenado, o que o garoto constata é que o conde Silvande, mesmo "chegando tão perto da morte [...] continuava a pensar apenas na vida". Ou seja, que, praticamente fora da vida, o tio ainda continua pensando nas nobres relações com o duque de

Parma e sua irmã, em um jantar, um passeio, uma ida ao teatro e mesmo em suas réplicas engenhosas quando do derradeiro diálogo com uma mulher adorada antes de vir a morrer.

A duquesa de Alériouvres também: aos 70 anos, ela "tinha o cuidado de usar tintura e, nos jornais, pagava artigos que celebravam a juventude de seu porte, a elegância de suas recepções, os refinamentos de sua mesa e de seu espírito".

Contemplando esse tenebroso "baile de máscaras" está a criança, Alexis, que se espanta com "o universal escândalo daquelas existências, de que não excetuava a sua própria, que andavam de costas para a morte, olhando para a vida".

O tempo se manifesta na passagem de uma parte à outra: Alexis deixará de ser criança e, na terceira parte da narrativa, já é um adolescente muito ativo, que chega a dar a impressão de ter se esquecido de sentir algo diante da morte iminente do tio: "O alegre zumbido do seu sangue nas veias e os seus desejos na cabeça impediam-no de ouvir os lamentos do enfermo". Este, repentinamente melhor e assegurado pelo médico do afastamento da morte, "sente apenas um vago assombro ante a ideia de recomeçar a viver". Desde o anúncio do fim próximo, aprendera a refugiar-se em si mesmo: "Há tanto tempo desabituara-se do fardo da vida, já não queria retomá-lo".

O desânimo e desencanto diante da vida não

são definitivos. E, quase que imperceptivelmente, o conde vai ficando "cada vez mais vaidoso, irascível, roído de saudade dos prazeres que já não podia experimentar".

Nova recaída vem na quinta parte do conto. Baldassare está febril, delirante. Arrastado novamente pelos ventos da morte, ele ainda tenta se agarrar aos estilhaços da vida – pede, então, "papel de carta a fim de convidar para jantar todos os soberanos da Europa por ocasião de seu casamento com a irmã do duque de Parma".

Antes de morrer, o conde depõe enfim as armas, retomando contato com suas fragilidades. E, novamente criança, revê "sua mãe quando o beijava ao chegar em casa, e quando o punha na cama à noite e lhe aquecia os pés entre as mãos".

Essa descrição notável das oscilações afetivas de Alexis e de Baldassare já faz parte da visão proustiana. Pois, alguns anos depois de criar esse conto sobre a percepção do longo processo da morte de Baldassare Silvande, Proust tentará redigir um extenso romance, intitulado postumamente *Jean Santeuil*. Ali, logo nas primeiras páginas, revemos a mesma criança hipersensível às voltas com as sombras demoníacas, com os rituais inexplicáveis do mundo dos adultos. Faltava ao projeto, entretanto, um arcabouço teórico que desse conta da teoria da *memória involuntária*, agente desencadeador de associações que amalgamam, magicamente, a perspectiva frágil do garoto que vê e o olhar fulminante do narrador adulto que escreve.

Mais tarde, já nas primeiras páginas de *Em busca do tempo perdido*, esse embate de percepções e sentimentos vai se concentrar na conhecida cena do beijo de boa noite que o pequeno herói anseia receber de sua mãe antes de adormecer. E quando, instada por Françoise sobre a causa do choro convulsivo da criança, a mãe responde: "Ele mesmo não o sabe!...", ela, sem querer, está dizendo que esta criança consegue sentir e perceber o terror, mas ainda não dispõe de meios suficientes para entender e se exprimir.

GLOSSÁRIO PROUSTIANO

Antes de prosseguir no comentário das outras três narrativas, vale a pena abrir um parêntese para comentar algumas palavras também bastante "proustianas".

Nesses textos, lemos expressões como "fim das festas", "recepções", "jantares" "partida para Biarritz", palavras que, à primeira vista, parecem comuns a nosso universo e ao de Proust: nós também jantamos, vamos a festas, tiramos férias e vamos à praia. Mas o contexto em que esses termos aparentemente óbvios são usados não é tão evidente para que exemplos extraídos de nossa vida diária bastem para compreendê-lo. Os personagens de

Proust sustentam a partícula *de*, indicadora de ascendência nobre francesa (temos, então, o senhor *de* Laléande a senhora *de* Breyves, o senhor *de* Grumello etc.). Todos eles transitam pelo mundo dos condes, condessas, viscondes, barões, príncipes, princesas – eles trafegam pelo domínio do Faubourg Saint-Germain, bairro parisiense que, no futuro romance, concentra justamente os membros remanescentes da aristocracia francesa, seus protegidos e... convidados! Aliás, nesse universo convida-se muito, festeja-se muito, frequenta-se a Ópera em conjunto (não solitariamente, enterrado em uma cadeira na plateia, mas aconchegados nas poltronas dos camarotes), sai-se de férias para formar novos "salões" em hotéis elegantes à beira-mar.

O período das festas é o período de reuniões particulares, com a presença de escritores, cantores, pintores e atores que dão o "tom artístico" ao encontro.

Talvez a presente seleção de narrativas de Proust tenha tido como critério justamente a presença de um trabalho narrativo a partir do que se chama de *mundanidade* — todos os principais personagens desses textos tomam parte nesse seleto grupo de pessoas "elegantes" da sociedade parisiense da época; todos eles frequentam o teatro, vão à Ópera, são convidados de jantares suntuosos, fazem visitas, têm castelos etc. E, é claro, os personagens principais desses pequenos grupos têm toda disponibilidade para experimentar, a seu bel-prazer, uma determinada gama de paixões muito intensas e não menos gratuitas.

A expressão "fim das festas" se aplica, assim, ao momento em que os membros desse grupo elegante tiram férias de verão, ou seja, deixam Paris, seus teatros, suas recepções e jantares, e partem, por três meses ou mais, para alguma estação de veraneio, como a cidade litorânea de Biarritz.

MORRER PARA SI

Das quatro narrativas, o personagem que sucumbe definitivamente aos encantos do círculo de refinamento, tédio e elegância é Violante, personagem principal de "Violante ou a mundanidade".

De origem nobre, deixada só após a morte prematura dos pais, Violante é criada "distante da sociedade". Sua única companhia é um criado da casa, já muito velho, o corretíssimo Augustin.

Está montado o contexto "proustiano" das cenas que vão se seguir: na trajetória de Violante, tomarão parte o desejo desenfreado de ascensão e renome social em contradição direta com as promessas não cumpridas de uma sensibilidade e inteligência ímpares; tendo atingido o topo da pirâmide, ela não encontra nenhuma explicação suficiente para continuar encerrada no círculo infernal que forjou para si mesma; no entanto, jamais deixa esse círculo para se aproximar de seus projetos silenciosos da infância.

Quando pequena, Violante era uma garota tão delicada, que chegava a sentir "todo o visível" e a pressentir "um pouco do invisível". Um desgosto amoroso rompe essa harmonia e desvia o foco de suas potencialidades. O narrador vai acompanhando e descrevendo esse longo processo de queda, a começar por essas "primeiras decepções da [...] sensualidade" do personagem Violante.

Infeliz no amor, ela toma a decisão de abandonar a vida muito solitária do campo e de viver luxuosamente em Paris. O narrador passa então a nos dar detalhes do "espetáculo suntuoso e desolado de uma existência talhada para o infinito e aos poucos restrita ao quase nada, trazendo apenas as sombras melancólicas do nobre destino que poderia ter cumprido e do qual cada dia mais e mais se afastava". Violante vai se entediando à medida que avança. Chega um momento em que ela "nunca mais [está] alegre". De seu coração vão sumindo o desejo de fazer caridade, de desenvolver uma reflexão pessoal, de escrever; ela é uma mulher guiada pelo egoísmo, pela vaidade e pela ambição. A menina outrora de percepção muito refinada chega por fim ao ponto "de só experimentar a natureza com sentidos pervertidos".

Quem leu *Em busca do tempo perdido* reconhece aí a tendência proustiana de, por meio da figura de personagens *diletantes*, sinalizar a natureza do verdadeiro artista e das armadilhas a que está sempre exposto.

LIÇÕES DO TÉDIO: APAIXONAR-SE

Na terceira narrativa, acompanham-se trechos da trajetória de mais uma mulher, dessa vez "uma das mulheres mais requisitadas de Paris", Françoise de Breyves, que se apaixona por um homem praticamente desconhecido, pouco inteligente, aborrecido e nada bonito, o sr. de Laléande. E, no desespero de ser deixada para trás nas longas férias de verão, volta toda sua existência para a possibilidade de revê-lo e de ser enfim apresentada a ele.

A história da jovem sra. de Breyves traz novamente à tona um conjunto enorme de palavras, expressões e comportamentos de cunho bastante "proustiano": ao se interessar pelo desconhecido sr. de Laléande, Françoise age "por capricho, sobretudo por coquetismo"; ela fala e age "com volubilidade". Durante recepção em que ele consegue escapar antes de ela o conhecer, ela se ergue majestosamente da poltrona e exclama, imperiosa: "Estou me entediando aqui, estou com dor de cabeça, por favor, vamos logo embora". Apaixonada à primeira vista e para sempre, a simples pronúncia do nome do amado, Jacques de Laléande, a leva "a experimentar sofrimentos e alegrias diante das quais as outras não eram nada". Para revê-lo, ela promete fazer de tudo, mesmo se colocar na situação desagradabilíssima de ter de convidar todos os pés-rapados de Paris, ou, no vocabulário de Proust, todos os abomináveis "rastaqueras", todos aqueles que circulam, ávidos por um mísero convite, pelas ruas sujas da Cidade Luz. Entediada e frustrada em suas maquinações de felicidade, Françoise está disposta a "fazer coisas doidas".

O verbo usado para expressar esses impulsos inconsequentes é velho conhecido das elites inspiradas — ao chegar nesse patamar de conforto material e insatisfação diante da vida, nada melhor do que saber aproveitar o momento exato de "permitir-se".

Depois de ler essas páginas, será que alguém ainda tem coragem de afirmar que Proust é um escritor alienado?... Sua descrição milimétrica dos meandros da relação patrão-empregado já seria suficiente para nos convencer não apenas do contrário mas, sobretudo, do refinamento formal da escrita proustiana, que mantém a acidez sem parecer estar partindo para o ataque.

Os criados de Françoise, sentindo-a tão inusitadamente triste, servem-na "sem ousar falar-lhe". A bela viúva fica ali degustando toda a sutileza do silêncio de seus criados, já que o silêncio deles, "respeitoso e tristonho, falava-lhe do sr. de

 Laléande". Sem pressa de voltar a entediar-se, "ela mandava que servissem bem lentamente o almoço para retardar a hora em que chegariam suas amigas". E, nas manhãs de inspiração, ela acorda concluindo, entre e heroica e derrotada: "Vivo para Jacques de Laléande!"

Junto da quarta e última narrativa, "O fim do ciúme", a "Melancólica vilegiatura da sra. de Breyves" traz situações quase idênticas às vividas pelo personagem Swann em seu longo e fulminante amor pela prostituta de luxo Odette de Crécy, nutrido, ele também, por capricho inicial e de motivação imaginária posterior – Swann, depois de 200 páginas de perseguição à amada, acorda de um sonho e conclui: "Perdi minha vida por uma mulher que não é nem o meu tipo!...".

***

Assim como Gide, em 1923, podemos também acompanhar os reflexos "brilhantes" da visão proustiana já em ação nesses textos de juventude do autor. Neles já estão figurados, entre outras coisas, o ponto de vista da criança solitária, a imagem do bem-estar burguês como elemento de um ambiente repleto de ansiedade e, no limite, dilacerado; há neles a descrição dos efeitos visíveis do tempo, o aviso da presença constante da morte, o vaivém das vaidades e das paixões, o contato entre membros de diferentes gerações, sublimes observações sobre as oscilações afetivas de uma mesma pessoa em período curtíssimo de tempo. Enfim, tudo aquilo que está resumido no título provisório de *Em busca do tempo perdido*: "As intermitências do coração".

O FIM DO CIÚME E OUTROS CONTOS

A MORTE DE BALDASSARE SILVANDE

I

> Apolo pastoreava os rebanhos de Admete, dizem os poetas; todo homem é também um deus fantasiado a imitar um louco.
>
> Emerson

— Seu Alexis, não chore assim, o sr. visconde de Sylvanie talvez lhe dê um cavalo.

— Um cavalo grande, Beppo, ou um pônei?

— Talvez um cavalo grande, como o do sr. Cardenio. Mas não chore assim... no dia dos seus 13 anos!

A esperança de ganhar um cavalo e a lembrança de que estava com 13 anos fizeram, por entre as lágrimas, brilhar os olhos de Alexis. Mas consolado não estava, pois precisava visitar seu tio Baldassare Silvande, visconde de Sylvanie. Claro, desde o dia em que escutara ser incurável a doença do tio, Alexis o vira várias vezes. Mas, desde então, tudo mudara bastante. Baldassare percebera o seu mal e agora sabia ter quando muito três anos de vida. Alexis, sem compreender, aliás, como aquela certeza não matara o tio de tristeza, nem o enlouquecera, sentia-se incapaz de suportar a dor de vê-lo. Convencido de que este lhe falaria de seu fim próximo, julgava não ter forças para consolá-lo, nem sequer conter o próprio pranto. Sempre adorara o tio, o maior, o mais belo, o mais jovem, o mais vivo, o mais doce dos seus parentes. Gostava de seus olhos cinzentos, seus bigodes loiros, seus joelhos, lugar profundo e doce de prazer e refúgio quando era menor, e que então lhe pareciam inacessíveis como uma cidadela, divertidos como cavalos-de-pau e mais invioláveis que um templo. Alexis, que desaprovava altamente o jeito sombrio e severo do pai e sonhava com um futuro em que, sempre a cavalo, seria elegante como uma dama e esplêndido como um rei, reconhecia em Baldassare o seu mais elevado ideal de homem; sabia que o tio era belo, que se parecia com ele, sabia também que era inteligente, generoso, que tinha poder igual ao de um bispo ou general. Na verdade, as críticas de seus pais tinham-lhe ensinado que o visconde tinha lá seus defeitos. Até lembrava da violência de sua ira no dia em que seu primo Jean Galeas escarnecera dele, do quanto o brilho de seus olhos denunciara as fruições de sua vaidade quando o duque de Parma mandara lhe oferecer a mão da irmã (ele então, procurando dissimular seu prazer, cerrara os dentes e fizera uma careta que lhe era habitual e desagradava a Alexis) e do tom de desprezo com que falava com Lucretia, a qual professava não gostar da sua música.

Seus pais não raro aludiam a outras ações de seu tio que Alexis desconhecia, mas ouvia censurar veementemente.

Mas todos os defeitos de Baldassare, sua careta vulgar, teriam decerto sumido. Quando o tio soubera que em dois anos talvez estivesse morto, o quanto o escárnio de Jean Galeas, a amizade do duque de Parma e sua própria música deviam ter-se tornado indiferentes! Alexis o imaginava ainda belo, porém solene, e ainda mais perfeito que antes. Sim, solene e já não mais inteiramente deste mundo. Assim, em seu desespero mesclava-se um pouco de preocupação e assombro.

Os cavalos estavam atrelados havia tempo, era preciso ir; subiu no carro, depois tornou a descer para pedir um último conselho a seu preceptor. Ao falar, ficou muito vermelho:

— Senhor Legrand, é melhor que o meu tio pense que sei que ele vai morrer, ou não?

— Que pense que não, Alexis!

— Mas e se ele falar sobre isto?

— Ele não vai falar.

— Não vai falar?, disse Alexis, surpreso, pois era a única alternativa que não previra: toda vez que começava a imaginar sua visita ao tio, ouvia-o falar sobre a morte com a suavidade de um padre.

— Mas, enfim, e se ele falar?

— O senhor dirá que ele está enganado.

— E se eu chorar?

— O senhor já chorou demais esta manhã, não vai chorar na casa dele.

— Não vou chorar!, exclamou Alexis, com desespero, mas ele vai pensar que eu não estou triste, que não gosto dele... meu tiozinho!

E desatou em prantos. Sua mãe, impaciente com a espera, veio buscá-lo; foram embora.

Depois de entregar o pequeno paletó a um criado de *libré* verde e branca com a insígnia de Sylvanie, postado no vestíbulo, Alexis deteve-se um momento com a mãe a escutar uma melodia ao violino vinda de um aposento contíguo. Foram então conduzidos a uma imensa sala redonda inteiramente envidraçada, onde o visconde costumava ficar. Defronte, ao entrar, avistava-se o mar e, voltando a cabeça, gramados, pastagens e bosques; no fundo da sala, havia dois gatos, rosas, dormideiras e muitos instrumentos musicais. Aguardaram um momento.

Alexis atirou-se para a mãe, ela pensou que ele quisesse beijá-la, mas ele perguntou baixinho, a boca grudada em seu ouvido:

— Que idade tem meu tio?

— Faz 36 em junho.

Ele quis perguntar: "Você acha que ele chega a fazer 36 anos?", mas não ousou. Uma porta se abriu, Alexis estremeceu, um criado disse: "O senhor visconde vem vindo".

O empregado logo voltou trazendo dois pavões e um cabrito que o visconde levava sempre consigo. Então, ouviram-se outros passos e a porta se abriu mais uma vez.

— Não é nada, refletiu Alexis, cujo coração batia cada vez que escutava um ruído, decerto é um criado, é, bem provavelmente, um empregado. Ao mesmo tempo, porém, escutou uma voz doce:

— Bom dia, meu pequeno Alexis, desejo-lhe um feliz aniversário.

E seu tio, ao abraçá-lo, assustou-o. Decerto o percebeu e, sem mais prestar atenção nele para dar-lhe tempo de se recompor, pôs-se a conversar alegremente com a mãe de Alexis, sua cunhada, que, desde a morte da mãe, era a criatura que mais amava no mundo.

Alexis agora, tranquilizado, já não sentia senão uma imensa ternura por aquele jovem ainda tão encantador, só um pouco mais pálido, heroico a ponto de representar alegria naqueles momentos trágicos. Gostaria de atirar-se em seus braços e não ousava, temendo quebrar a energia do tio, que não mais conseguiria manter-se senhor de si. O olhar triste e doce do visconde dava-lhe sobretudo vontade de chorar. Alexis sabia que os seus olhos sempre haviam sido tristes e, até nas horas mais felizes, pareciam implorar consolo por males que ele não parecia sentir. Mas naquele momento pensou que a tristeza do tio, corajosamente banida da conversa, refugiara-se nos olhos que, em toda a sua pessoa, eram os únicos que eram sinceros com as suas faces magras.

— Sei que você gostaria de conduzir um carro com dois cavalos, meu pequeno Alexis, disse Baldassare, amanhã lhe levarão um cavalo. No ano que vem completarei o par e daqui a dois anos lhe darei o carro. Mas quem sabe este ano você possa ir montando o cavalo, vamos experimentá-lo quando eu voltar. Pois viajo amanhã mesmo, acrescentou, mas não por muito tempo. Em menos de um mês estarei de volta e iremos juntos à matinê, sabe, assistir à comédia a que prometi levá-lo.

Alexis sabia que o tio ia passar algumas semanas na casa de um de seus amigos, sabia também que ainda permitiam ao tio ir ao teatro; mas tão possuído estava pela ideia da morte que o transtornara profundamente antes de vir ver o tio, que suas palavras lhe causaram dolorosa e profunda surpresa.

— Não vou, refletiu. Como ele sofreria ao ouvir as brincadeiras dos atores e a risada da plateia!

— Que bonita melodia ao violino escutamos ao entrar?, perguntou a mãe de Alexis.

— Ah! Você achou bonita?, disse vivamente Baldassare, com ar alegre. É a romança de que lhe falei.

"Estará fingindo?", perguntou-se Alexis. "Como pode o sucesso de sua música ainda agradar-lhe?"

Nesse instante, o rosto do visconde assumiu uma expressão de dor profunda; suas faces tinham empalidecido, franziu os lábios e o cenho, seus olhos se encheram de lágrimas.

"Meu Deus!", exclamou Alexis em seu íntimo, "este papel está acima de suas forças. Meu pobre tio! Mas também, por que tem tanto medo de afligir-nos? Para que exigir tanto de si mesmo?"

Mas as dores da paralisia geral que por vezes premiam Baldassare como que num colete de ferro a ponto de deixar-lhe no corpo marcas de pancadas e cuja acuidade acabava de contrair-lhe o rosto a despeito de sua vontade tinham-se dissipado.

Recomeçou a conversar com bom humor, depois de enxugar os olhos.

— Parece-me que o duque de Parma vem sendo menos gentil com você de uns tempos para cá, inquiriu, desajeitada, a mãe de Alexis.

— O duque de Parma!, exclamou Baldassare, furioso, o duque de Parma menos gentil! Mas o que está pensando, minha cara? Escreveu-me ainda esta manhã para pôr o seu castelo de Ilíria à minha disposição, caso o ar das montanhas me fizesse algum bem.

Levantou-se vivamente, mas despertou ao

mesmo tempo sua dor atroz e precisou deter-se por um momento; mal ela acalmara, ele chamou:

— Dê-me a carta que está perto de minha cama.

E leu vivamente:

Meu caro Baldassare,

Como lamento não tê-lo visto, etc. etc.

À medida que se desenvolvia a amabilidade do príncipe, o rosto de Baldassare ia suavizando-se, brilhava com uma confiança feliz. Súbito, querendo decerto dissimular uma alegria que não julgava muito elevada, apertou os dentes e fez a linda careta vulgar que Alexis pensara para sempre banida de sua face pacificada pela morte.

Ao estreitar como outrora a boca de Baldassare, a careta descerrou os olhos de Alexis, que, desde que estava junto do tio, pensara e quisera contemplar o rosto de um moribundo para sempre desligado das realidades vulgares e no qual não poderia pairar senão um sorriso estoicamente forçado, tristemente terno, celestial e desencantado. Já não duvidava de que Jean Galeas, implicando com seu tio, iria deixá-lo, como antes, furioso, que na alegria do doente, no seu desejo de ir ao teatro, não entravam dissimulação nem coragem e que, chegando tão perto da morte, Baldassare continuava a pensar apenas na vida.

Voltando para casa, Alexis foi vivamente tocado pela ideia de que também morreria um dia e, mesmo tendo diante de si muito mais tempo que seu tio, o velho jardineiro de Baldassare e sua prima, a duquesa de Alériouvres, não lhe sobreviveriam por muito tempo. No entanto, rico o bastante para se aposentar, Rocco continuava trabalhando sem cessar para ganhar ainda mais dinheiro, e tentava conquistar um prêmio com suas rosas. A duquesa, apesar de seus 70 anos, tinha o cuidado de usar tintura e, nos jornais, pagava artigos que celebravam a juventude de seu porte, a elegância de suas recepções, os refinamentos de sua mesa e de seu espírito.

Estes exemplos não diminuíam o espanto em que a atitude do tio mergulhara Alexis, mas inspiravam-lhe outro igual que, avançando passo a passo, estendeu-se qual imensa estupefação sobre o universal escândalo daquelas existências, de que não excetuava a sua própria, que andavam de costas para a morte, olhando para a vida.

Decidido a não imitar tão chocante aberração, resolveu, a exemplo dos antigos profetas, cuja glória lhe fora ensinada, retirar-se no deserto com alguns amiguinhos e o comunicou a seus pais.

Felizmente, mais poderosa que o escárnio destes últimos, a vida, cujo leite fortificante e doce ele ainda não esgotara, estendeu o seio para dissuadi-lo. E ele recomeçou a sugá-lo com uma alegre avidez, cujas queixas sua imaginação crédula e rica ingenuamente escutava e cujos dissabores magnificamente emendava.

II

A carne é triste, ai…

Stéphane Mallarmé

No dia seguinte ao da visita de Alexis, o visconde de Sylvanie partira para o castelo vizinho, onde deveria passar de três a quatro semanas, e a presença de vários convidados poderia distrair a tristeza que não raro sucedia suas crises.

Lá, todos os seus prazeres logo se resumiram à companhia de uma jovem senhora que os duplicava ao partilhá-los. Pensou sentir que ela o amava, porém manteve para com ela certa reserva: sabia-a absolutamente pura, impacientemente esperando, aliás, a chegada do marido; também não estava certo de amá-la de verdade e percebia vagamente que pecado seria induzi-la a portar-se mal. Em que momento seu relacionamento se desnaturou, nunca soube recordar. Agora, como que em virtude de um entendimento tácito, cuja época não saberia situar, beijava-lhe os pulsos e passava-lhe a mão em volta do pescoço. Ela parecia tão feliz que certa noite ele fez mais: começou por beijá-la; depois a acariciou longamente e novamente beijou-lhe os olhos, a face, os lábios, o pescoço, os cantos do nariz. A boca da jovem senhora ia sorrindo ao encontro das carícias e seus olhares brilhavam em suas profundezas qual água tépida de sol. As carícias de Baldassare, entretanto, tinham-se tornado mais audaciosas; em dado momento, olhou para ela; impressionou-se com a sua palidez, com o desespero infinito expresso por sua fronte morta, seus olhos desolados e lassos chorando, em olhares mais tristes que lágrimas, como a tortura sofrida numa crucificação ou após a perda irreparável de um ente adorado. Considerou-a por um instante; e então, num esforço supremo, ela ergueu para ele os olhos suplicantes, pedindo mercê, enquanto sua boca ávida, num movimento convulsivo e inconsciente, tornava a pedir-lhe beijos.

Renovados ambos pelo prazer que pairava à sua volta na fragrância de seus beijos e na lembrança de suas carícias, atiraram-se um nos braços do outro, fechando doravante os olhos, os olhos cruéis que lhes expunham a aflição de suas almas, não queriam vê-la, e ele, principalmente, fechava os olhos com toda a força, feito um carrasco assaltado pelo remorso e a sentir que lhe tremeria o braço no momento de abater sua vítima se, ao invés de imaginá-la ainda excitante para sua ira e forçando-o a aplacá-la, pudesse olhá-la de frente e por um momento sentir seu sofrimento.

Viera a noite, e ela ainda se achava em seu quarto, os olhos vagos e sem lágrimas. Partiu sem dizer palavra, beijando sua mão com apaixonada tristeza.

Ele, entretanto, não conseguia dormir e, se cochilava um instante, estremecia, sentindo erguidos sobre ele os olhos suplicantes e desesperados da meiga vítima. Súbito, imaginou-a tal como devia estar agora, também sem conseguir dormir e sentindo-se tão sozinha. Vestiu-se, andou de mansinho até seu quarto, não ousando fazer barulho para não despertá-la caso estivesse dormindo, tampouco ousando voltar ao próprio quarto, onde o céu, a terra e sua alma sufocavam-no com seu peso. Quedou-se ali, diante do quarto da jovem senhora, julgando a todo momento que não conseguiria conter-se mais um instante sequer e entraria; então, assombrado com a ideia de romper o suave esquecimento em que ela dormia, num alento cuja suavidade regular ele percebia, para entregá-la cruelmente aos remorsos e ao desespero, longe de cujas presas encontrara um instante de repouso, quedou--se ali, ora sentado, ora ajoelhado, ora deitado. Pela manhã, voltou para o seu quarto, friorento e serenado, dormiu longamente e despertou pleno de bem-estar.

Empenharam-se reciprocamente em tranquilizar suas consciências, habituaram-se ao remorso que foi diminuindo, ao prazer se tornando também menos vívido e, quando ele regressou a Sylvanie, só guardou, como ela, uma lembrança doce e algo fria daqueles minutos cruéis e inflamados.

III

Sua juventude faz barulho, ele não escuta.

Mme. de Sévigné

Quando Alexis, no dia em que completou 14 anos, visitou seu tio Baldassare, não sentiu se renovarem, como esperava, as violentas emoções do ano anterior. As incessantes corridas no cavalo que o tio lhe dera, ao desenvolver suas forças, tinham apaziguado todo o seu nervosismo e avivavam nele a contínua sensação de saúde, que vinham então somar-se à juventude, com a obscura consciência da profundidade dos próprios recursos e do poder da própria alegria. Ao sentir, na brisa despertada por seu galope, o peito inflado como uma vela, o corpo ardendo qual fogo de inverno e a fronte fresca como as ramagens fugidias que o cingiam ao passar, ao retesar-se mergulhando o corpo na água fria ou relaxando-o longamente em digestões saborosas, exaltava em si mesmo estas forças da vida que, após terem sido o orgulho tumultuoso de Baldassare, tinham-se retirado dele para todo o sempre, indo alegrar almas mais jovens, e que algum dia, contudo, também desertariam.

Nada mais em Alexis podia desfalecer pela fraqueza de seu tio, morrer com seu fim próximo. O alegre zumbido de seu sangue nas veias e seus desejos na cabeça impediam-no de ouvir os lamentos extenuados do enfermo. Alexis ingressara naquele período ardente em que o corpo trabalha com tamanho vigor para erguer seus palácios entre ele próprio e a alma que esta logo parece ter sumido, até o dia em que a doença ou o desgosto terão minado lentamente a dolorosa fissura ao fim da qual *ela* ressurge. Habituara-se à doença mortal do tio como a tudo o que dura à nossa volta e, embora este ainda vivesse, já que o fizera chorar uma vez o que nos fazem chorar os mortos, agira com ele como com um morto: começara a esquecê-lo.

Quando naquele dia seu tio lhe disse: "Meu pequeno Alexis, estou lhe dando o carro com o segundo cavalo", compreendeu que o tio lhe dizia: "porque de outro modo você estaria arriscado a nunca ganhar o carro", e sabia que era um pensamento extremamente triste. Mas não o sentia assim, porque nele já não havia atualmente lugar para a tristeza profunda.

Alguns dias depois, ficou tocado, numa leitura, pelo retrato de um celerado a quem não emocionara o comovente carinho de um moribundo que o adorava.

Chegada a noite, o receio de ser o celerado, no qual julgara reconhecer-se, impediu que dormisse. Mas, no dia seguinte, deu um passeio a cavalo tão lindo, trabalhou tão bem, sentiu, por outro lado, tanto carinho por seus pais vivos, que tornou a fruir sem escrúpulos e dormir sem remorsos.

Entretanto, o visconde de Sylvanie, que começava a não conseguir andar, já não saía mais do castelo. Seus amigos e parentes passavam o dia inteiro com ele, e ele podia confessar a loucura mais repreensível, a despesa mais absurda, ostentar o paradoxo ou dar a perceber o mais chocante defeito sem que os parentes o censurassem ou os amigos se permitissem gracejar ou contradizê-lo. Pareciam ter-lhe tacitamente retirado a responsabilidade por seus atos e palavras. Pareciam sobretudo querer impedi-lo de ouvir, de tanto acolchoá-los, quando não vencendo-os pelas carícias, os últimos rangidos de seu corpo sendo deixado pela vida.

Passava longas e encantadoras horas deitado sozinho consigo mesmo, único conviva que em vida descuidaria de convidar para jantar. Experimentava, ao adornar seu corpo dolente, ao debruçar sua resignação à janela, olhando para o mar, melancólica alegria. Cercava com as imagens deste mundo de que ainda estava repleto, mas que o afastamento, já desligando-o delas, tornava vagas e belas, a cena de sua morte, há muito premeditada mas sem cessar retocada, qual obra de arte, com ardente tristeza. Já se esboçavam em sua imaginação seu adeus à duquesa Oliviane, sua grande amiga platônica, em cujo salão reinava, apesar de todos os maiores senhores, os mais gloriosos artistas e as pessoas de mais espírito da Europa ali se reunirem.

 Parecia-lhe já estar lendo o relato de seu derradeiro colóquio:

"... O sol já se pusera, e era malva o mar que se avistava por detrás das macieiras. Leves como claras coroas fenecidas e persistentes como saudades, nuvenzinhas azuis e rosadas flutuavam no horizonte. Uma melancólica fileira de álamos imergia na sombra, a copa resignada num cor-de-rosa de igreja; os derradeiros raios, sem tocar-lhes o tronco, tingiam-lhes os ramos, enleando grinaldas de luz naquelas balaustradas de sombra. A brisa mesclava os três cheiros, do mar, das folhas úmidas e do leite. Nunca o campo de Sylvanie suavizara com mais volúpia a melancolia do entardecer.

— Amei-o muito, mas dei-lhe pouco, pobre amigo, disse ela.

— O que está dizendo, Oliviane? Como assim, deu-me pouco? Deu-me tanto mais por eu lhe pedir menos, e bem mais, na verdade, que se os sentidos tivessem parte em seu carinho. Sobrenatural como uma madona, doce como uma ama-de-leite, eu a adorei, e você me embalou. Eu a amava com um afeto de que nenhuma esperança de prazer carnal vinha desconcertar a sagacidade sensível. E você não me oferecia em troca uma amizade incomparável, um chá delicioso, uma conversa naturalmente ilustrada, e quantos maços de rosas frescas? Só você, com suas mãos maternais e expressivas, soube refrescar minha fronte ardendo em febre, escorrer mel entre meus lábios fenecidos, trazer nobres imagens para a minha vida.

— Cara amiga, dê-me suas mãos, para que eu as beije...” Só a indiferença de Pia, princesinha siracusana que ele ainda amava com todos os sentidos e com o coração, e que se apaixonara por Castruccio com invencível e arrebatado amor, trazia-o vez por outra de volta a uma realidade mais cruel, mas que ele buscava esquecer. Até os últimos dias ainda fora, às vezes, a festas onde, passeando de braços dados com ela, julgava humilhar seu rival; mas assim mesmo, enquanto andava a seu lado, sentia seus olhos profundos distraídos por outro amor que só sua compaixão pelo enfermo levava-a a tentar dissimular. E ele agora já nem isto podia. A incoerência dos movimentos de suas pernas tornara-se tal que já não podia sair. Mas ela seguidamente o visitava e, como que entrando na grande conspiração de doçura dos outros, falava-lhe sem cessar com uma ternura engenhosa que o grito de sua indiferença ou a confissão de sua ira não mais desmentiam, como outrora. E mais que de todas as outras, ele sentia o apaziguamento daquela doçura estender-se sobre ele e encantá-lo.

Mas eis que um dia, quando se erguia da cadeira para pôr-se à mesa, seu criado, surpreso, percebeu que caminhava bem melhor. Mandou chamar o médico, o qual esperou para pronunciar-se. No dia seguinte, caminhava bem. Passada uma semana, permitiram que saísse. Seus parentes e amigos conceberam então imensa esperança. O médico pensou que uma simples doença nervosa curável talvez tivesse a princípio aparentado os sintomas da paralisia geral, que agora, de fato, começavam a sumir. Expôs suas dúvidas em forma de certeza a Baldassare e lhe disse:

— O senhor está salvo!

O condenado à morte deixou transparecer comovida alegria quando soube da mercê recebida. Depois de algum tempo, porém, acentuando-se a melhora, uma aguda inquietação pôs-se a irromper sob sua alegria já fragilizada por tão recente hábito. Abrigado das intempéries da vida naquela propícia atmosfera de doçura ambiente, calma forçada e livre meditação, pusera-se obscuramente a germinar dentro de si o desejo da morte. Ainda estava longe de suspeitá-lo e sentiu apenas um vago assombro ante a ideia de recomeçar a viver, suportar os golpes de que não tinha mais o hábito e perder o carinho com que o tinham cercado. Sentiu também confusamente que seria um erro esquecer-se no prazer e na ação, agora que travara conhecimento consigo mesmo, com o fraterno forasteiro que, enquanto olhava as barcas riscarem o mar, conversara com ele durante horas, e tão longe, e tão perto, dentro de si mesmo. Como que sentindo agora despertar dentro de si um novo amor natal ainda ignorado, como num jovem que houvesse sido enganado quanto ao local de sua pátria primeira, experimentava a nostalgia da morte rumo à qual, a princípio, como para um eterno exílio sentira-se partir.

Emitiu uma ideia, e Jean Galeas, sabendo-o curado, contradisse-o violentamente e escarneceu dele. Sua cunhada, que havia dois meses o visitava de manhã e à noite, esteve dois dias sem visitá-lo. Assim era demais! Havia tanto tempo desabituara--se do fardo da vida, já não queria retomá-lo. É que ela não o cativara com seus encantos. Suas forças retornaram, e com elas todos os seus anseios de viver; saiu, recomeçou a viver e morreu uma segunda vez para si mesmo. Passado um mês, os sintomas da paralisia geral ressurgiram. Aos poucos, como outrora, andar tornou-se difícil, impossível, progressivamente o bastante para que pudesse habituar-se ao retorno à morte e ter tempo de virar o rosto. A recaída não teve sequer a virtude que tivera o primeiro ataque, ao final do qual começara a desligar-se da vida, não mais para enxergá-la em sua realidade, mas para olhá-la, como a um quadro. Agora, ao contrário, estava cada vez mais vaidoso, irascível, roído de saudade dos prazeres que já não podia experimentar.

Sua cunhada, que ele amava ternamente, era a única a trazer um pouco de doçura a seu fim, vindo várias vezes ao dia com Alexis.

Certa tarde, indo visitar o visconde, quase ao chegar seus cavalos se assustaram; ela foi violentamente projetada ao chão, pisada por um cavaleiro que passava a galope e levada à casa de Baldassare inconsciente, com o crânio aberto.

O cocheiro, que não se ferira, foi imediatamente anunciar o acidente ao visconde, cujo rosto amarelou. Seus dentes cerraram-se, seus olhos reluziam, transbordando da órbita e, num terrível acesso de ira, invectivou longamente o cocheiro; mas parecia que as explosões de sua violência buscavam dissimular um doloroso apelo que, nos intervalos, fazia-se ouvir mansamente. Era como um enfermo se lamentando junto ao visconde furioso. Este lamento, fraco a princípio, logo abafou os gritos de sua ira, e ele desabou numa cadeira soluçando. Então quis que lhe lavassem o rosto para que a cunhada não se preocupasse com as marcas de sua tristeza. O criado meneou tristemente a cabeça, a enferma não recobrara a consciência. O visconde passou dois dias e duas noites desesperados junto à cunhada. Ela, a qualquer instante, poderia morrer. Na segunda noite, tentaram uma cirurgia arriscada. Na manhã do terceiro dia, a febre baixara e a enferma olhava sorrindo para Baldassare que, já não podendo conter as lágrimas, chorava sem parar de alegria. Quando a morte lhe viera aos poucos, ele não quisera vê-la; agora encontrara-se de súbito em sua presença. Ela o apavorara ameaçando o que ele tinha de mais caro; ele a suplicara, ele a dobrara. Sentia-se forte e livre, orgulhoso por perceber que sua própria vida não lhe era tão preciosa quanto a da cunhada, e que experimentava por ela tanto desprezo quanto a outra lhe inspirara piedade. Agora era a morte que ele encarava de frente, não as cenas que cercariam sua morte. Queria permanecer assim até o fim, não ser retomado pela mentira que, querendo criar-lhe uma bela e célebre agonia, levaria ao cúmulo suas profanações maculando os mistérios de sua morte como lhe furtara os mistérios da vida.

IV

> Amanhã, e amanhã, e amanhã desliza assim a passos miúdos até a última sílaba que o tempo escreve em seu livro. E todos os nossos ontens iluminaram para alguns loucos o caminho da morte poeirenta. Apaga-te! Apaga-te, curta chama! A vida não passa de sombra errante, de um pobre comediante a se pavonear e lamentar durante sua hora no palco e depois não ser mais ouvido. É um conto narrado por um idiota, cheio de alarde e fúria, que nada significa.
>
> Shakespeare, *Macbeth*

As emoções e fadigas de Baldassare durante a enfermidade da cunhada tinham precipitado o curso da sua. Acabava de ficar sabendo por seu confessor que já não tinha um mês de vida; eram dez horas da manhã, chovia a cântaros. Um carro parou em frente ao castelo. Era a duquesa Oliviane. Ele dissera a si mesmo, quando enfeitava harmoniosamente as cenas de sua morte:

"... Será num claro entardecer. O sol terá se posto e será malva o mar a se avistar por entre as macieiras. Leves como claras coroas fenecidas e persistentes como saudades, nuvenzinhas azuis e rosadas estarão flutuando no horizonte... " Foi às dez da manhã, debaixo de um céu baixo e sujo, com uma chuva torrencial, que veio a duquesa Oliviane; e fatigado por seu mal, todo entregue a interesses mais elevados e já não sentindo o encanto das coisas que outrora lhe pareciam o prêmio, o charme e a glória refinada da vida, pediu que dissessem à duquesa que estava demasiado fraco. Ela mandou insistir, mas ele não quis recebê-la. Não foi sequer por dever: ela já não era mais nada para ele. A morte depressa rompera aqueles laços, cuja servidão ele tanto receava havia algumas semanas. Tentando pensar nela, nada viu surgir aos olhos de seu espírito: os de sua imaginação e os de sua vaidade se haviam cerrado.

Cerca de uma semana antes de sua morte, porém, o anúncio de um baile oferecido pela duquesa da Boêmia, no qual Pia conduziria o cotilhão com Castruccio, que partia no dia seguinte para a Dinamarca, despertou desatinadamente seu ciúme.

Pediu que Pia fosse chamada; sua cunhada relutou um pouco; ele achou que o impediam de vê-la, que o perseguiam, ficou furioso e, para não atormentá-lo, mandaram chamá-la em seguida.

Quando ela chegou, estava perfeitamente calmo, mas em profunda tristeza. Atraiu-a para junto do leito e logo lhe falou sobre o baile da duquesa da Boêmia. Ele disse:

— Não éramos parentes, você não vai usar luto por mim, mas quero fazer-lhe uma súplica: não vá a este baile, prometa.

Olharam-se nos olhos, mostrando-se mutuamente as almas à beira das pupilas, suas almas melancólicas e apaixonadas que a morte não conseguira unir.

Ele compreendeu a hesitação dela, contraiu dolorosamente os lábios e disse mansamente:

— Ou melhor, não prometa! Não quebre uma promessa feita a um moribundo. Se não está segura, não prometa.

— Não posso prometê-lo, não o vejo há dois meses e talvez nunca mais torne a vê-lo; eu ficaria eternamente desconsolada por não ter ido a este baile.

— Você tem razão, já que o ama, que podemos morrer... e que você ainda vive com toda as forças... Mas fará algo por mim: do tempo que passar nesse baile, retire aquele que, para desviar suspeitas, você teria sido obrigada a passar comigo.

Convide minha alma a relembrar uns instantes com você, dedique-me um pensamento.

— Mal ouso prometê-lo, o baile durará tão pouco. Sem sair de perto dele, mal terei tempo de vê-lo. Vou reservar-lhe um momento todos os dias seguintes.

— Não vai conseguir, vai me esquecer; mas se depois de um ano, ah!, talvez mais, uma leitura triste, uma morte, um entardecer chuvoso fizerem-na lembrar de mim, que caridade estará me fazendo! Nunca, nunca mais poderei vê-la... senão em alma, e para isto seria preciso que pensássemos juntos um no outro. Vou pensar sempre em você para que minha alma lhe esteja sem cessar aberta caso deseje entrar. Mas como se fará esperar a convidada! As chuvas de novembro terão apodrecido as flores de meu túmulo, junho as terá queimado e minha alma ainda estará chorando de impaciência. Ah! espero que um dia, à visão de uma lembrança, à volta de um aniversário, a inclinação de seus pensamentos conduza sua memória para os arredores da minha ternura; então, será como se eu a tivesse ouvido, avistado, um encantamento terá florido tudo para a sua vinda. Pense no morto. Mas, ai, acaso posso esperar que a morte, e sua própria gravidade, cumpram o que a vida, com seus ardores, e nossas lágrimas, e nossas alegrias, e nossos lábios não puderam fazer?

UM NOBRE CORAÇÃO QUE SE PARTE

> Boa noite, amável príncipe, e que enxames de anjos embalem cantando o teu sono.
>
> Shakespeare, *Hamlet*

Entretanto, uma febre violenta acompanhada de delírio não deixava mais o visconde; tinham arrumado sua cama na ampla rotunda, onde Alexis o vira no dia de seus 13 anos, vira-o tão alegre ainda, e de onde o enfermo podia olhar ao mesmo tempo o mar, o molhe do porto e, do outro lado, as pastagens e os bosques. Vez por outra, punha-se a falar; mas as suas palavras já não traziam sinal dos pensamentos elevados que o tinham purificado nas últimas semanas. Em violentas imprecações contra uma pessoa invisível que escarnecia dele, repetia sem cessar que era o melhor músico do século e o maior senhor do universo. Então, serenado de súbito, dizia ao seu cocheiro que o levasse a um cabaré do porto, que mandasse arrear os cavalos para a caça. Pedia papel de carta, a fim de convidar para jantar todos os soberanos da Europa, por ocasião de seu casamento com a irmã do duque de Parma; apavorado por não poder pagar uma dívida de jogo, pegava o corta-papel que havia junto à cama e apontava-o para si como um revólver. Mandava mensageiros indagarem se o homem da polícia que espancara na noite anterior não tinha morrido e dizia, rindo, a uma pessoa cuja mão pensava segurar, palavras obscenas. Estes anjos exterminadores chamados Vontade e Pensamento já não estavam ali para devolver às sombras os maus espíritos de seus sentidos e baixas emanações de sua memória. Passados três dias, lá pelas cinco horas, despertou como que de um sonho ruim pelo qual não somos responsáveis, mas de que vagamente nos lembramos. Perguntou se parentes e amigos tinham estado junto dele naquelas horas em que só revelara a parte ínfima, mais antiga e morta de si mesmo e rogou que, se fosse retomado pelo delírio, imediatamente os mandassem sair e só lhes permitissem voltar quando ele recobrasse a consciência.

Ergueu os olhos em redor pelo quarto e olhou sorrindo para o seu gato preto, que, trepado num vaso de porcelana chinesa, brincava com um crisântemo e aspirava a flor num gesto mímico. Mandou sair todo o mundo e conversou longamente com o padre que o velava. Recusou-se, no entanto, a comungar, e pediu ao médico para dizer que seu estômago já não estava em condições de suportar a hóstia. Uma hora mais tarde pediu à sua cunhada e a Jean Galeas que entrassem. Disse:
— Estou resignado, feliz por morrer e ir para diante de Deus.

Tão ameno estava o tempo, abriram as janelas que olhavam o mar sem vê-lo e, por causa do vento demasiado intenso, deixaram fechadas as da frente, ante as quais se estendiam as pastagens e os bosques.

Baldassare mandou arrastar sua cama para perto das janelas abertas. Um barco, levado ao mar por marinheiros que no molhe puxavam uma corda, estava partindo. Um belo grumete de uns 15 anos de idade inclinava-se à dianteira, bem na beirada; a cada onda, parecia prestes a cair na água, mas quedava-se firme nas pernas sólidas. Estendia a rede para trazer o peixe e segurava um cachimbo quente entre os lábios salgados de vento. E o mesmo vento que inflava a vela vinha refrescar as faces de Baldassare e fez esvoaçar um papel pelo quarto. Ele desviou o rosto para não ver mais aquela imagem feliz dos prazeres que amara apaixonadamente e já não desfrutaria. Olhou para o porto: um veleiro se aparelhava.

— É o navio que vai para as Índias, disse Jean Galeas.

Baldassare não distinguia as pessoas em pé, erguendo lenços no tombadilho, mas intuía a sede de desconhecido que lhes alterava os olhos; aqueles ainda tinham muito por viver, conhecer, sentir. Foi erguida a âncora, ressoou um grito e o navio pôs-se em movimento no mar sombrio rumo ao ocidente, onde, numa bruma dourada, a luz mesclava barquinhos e nuvens e aos viajantes murmurava promessas vagas e irresistíveis.

Baldassare mandou que fechassem as janelas daquele lado da rotunda e abrissem as que davam para as pastagens e os bosques. Olhou para os campos, mas ainda ouvia o grito de adeus lançado do veleiro, e via o grumete, cachimbo entre os dentes, a estender suas redes.

A mão de Baldassare movia-se febrilmente. Súbito, escutou um burburinho argentino, imperceptível e profundo qual batimento cardíaco. Era o som dos sinos de uma aldeia extremamente distante que, graças ao ar tão límpido daquele entardecer e à brisa propícia, cruzara muitas léguas de planícies e rios antes de alcançá-lo para ser colhido por seu ouvido fiel. Era uma voz presente e bem antiga; ele agora ouvia bater seu coração com o voo harmonioso dos sinos, suspenso no instante em que eles parecem aspirar o som, depois exalando-se longa e fracamente com eles. Em todas as épocas de sua vida, assim que escutava seu som longínquo, lembrava sem querer de sua mansidão no ar da noite quando, menino ainda, voltava para o castelo através dos campos.

Então, o médico pediu que todos se acercassem, dizendo:

— Está acabando.

Baldassare descansava, olhos fechados, e seu coração escutava os sinos que o ouvido paralisado pela morte próxima já não percebia. Reviu sua mãe quando o beijava ao chegar em casa, e quando o punha na cama à noite e lhe aquecia os pés entre as mãos, ficando junto dele se não conseguia pegar no sono; lembrou de seu *Robinson Crusoé* e das noites no jardim, quando sua irmã cantava, das palavras de seu preceptor predizendo que seria um dia um grande músico, e com isso a emoção de sua mãe, que ela tratava, em vão, de ocultar. Agora já não era tempo de satisfazer a apaixonada expectativa da mãe e da irmã, que tão cruelmente frustrara. Reviu a vasta tília, sob a qual ficara noivo, e o dia do rompimento do noivado, quando só sua mãe soubera consolá-lo. Pensou estar abraçando sua velha empregada e segurando seu primeiro violino. Reviu tudo aquilo num luminoso longínquo, manso e triste como o que as janelas do lado dos campos olhavam sem ver.

Reviu tudo aquilo e, no entanto, não haviam transcorrido dois segundos desde que o doutor, escutando o seu coração, dissera:

— Está acabando!

Ergueu-se dizendo:

— Está acabado!

Alexis, sua mãe e Jean Galeas ajoelharam-se com o duque de Parma, que acabava de chegar. Os criados choravam diante da porta aberta.

Outubro de 1894

VIOLANTE OU A MUNDANIDADE

INFÂNCIA MEDITATIVA DE VIOLANTE

> Tende poucas relações com os jovens e com as pessoas da sociedade... Não desejeis aparecer diante dos poderosos.
>
> Imitação de Cristo, livro I, cap. VIII

A viscondessa da Estíria era generosa e terna e toda imbuída de um charme que encantava. O espírito do visconde, seu marido, era extremamente alerta, e os traços de seu rosto de uma regularidade admirável. Mas qualquer granadeiro seria mais sensível e menos vulgar. Distante da sociedade, no rústico domínio da Estíria, eles criaram sua filha Violante, a qual, bela e alerta como o pai, tão caridosa e misteriosamente sedutora quanto a mãe, parecia unir as qualidades dos pais numa harmoniosa e perfeita proporção. Mas as aspirações cambiantes de seu coração e pensamento não encontravam dentro dela uma vontade que, sem limitá-las, direcionasse-as e a impedisse de tornar-se seu joguete encantador e frágil. Aquela falta de vontade inspirava à mãe de Violante cuidados que talvez fossem, com o tempo, fecundos, não tivesse a viscondessa, num acidente de caça, violentamente perecido com o marido, deixando Violante órfã aos 15 anos. Vivendo quase sozinha, sob a guarda vigilante, mas desajeitada, do velho Augustin, seu preceptor e intendente do castelo da Estíria, Violante, na falta de amigos, fez dos próprios sonhos companheiros encantadores, aos quais então prometia manter-se fiel a vida inteira. Levava-os a passear nas alamedas do parque, pelos campos, debruçava-os ao terraço que, encerrando a propriedade da Estíria, olhava para o mar. Por eles elevada como que acima de si mesma, por eles iniciada, Violante sentia todo o visível e pressentia um pouco do invisível. Sua alegria era infinita, interrompida por tristezas que, em suavidade, ainda superavam a alegria.

SENSUALIDADE

> Não vos apoieis no junco que o vento agita e não depositeis nele vossa confiança, pois toda carne é como a relva, e sua glória passa como a flor do campo.
>
> Imitação de Cristo

Com exceção de Augustin e algumas crianças do lugar, Violante não via ninguém. Só uma irmã mais nova de sua mãe, que morava em Julianges, castelo poucas horas distante, às vezes visitava Violante. Um dia em que ia assim ver a sobrinha, um seu amigo acompanhou-a. Chamava-se Honoré e tinha 16 anos. Não agradou a Violante, mas voltou. Passeando numa alameda do parque, ensinou-lhe coisas bastante inconvenientes de cuja existência ela não suspeitava. Ela experimentou um prazer muito doce, mas do qual logo a seguir sentiu vergonha. Então, como o sol se pusera e tinham andado muito, sentaram-se num banco, decerto para olhar os reflexos com que o céu róseo suavizava o mar. Honoré achegou-se a Violante para que não sentisse frio, atou-lhe o casaco de pele sobre os ombros com engenhosa lentidão e sugeriu que, com sua ajuda, tentasse pôr em prática as teorias que ele acabara de ensinar-lhe no parque. Quis falar-lhe baixinho, aproximou os lábios do ouvido de Violante, que não o retirou; escutaram, porém, um ruído na folhagem. "Não é nada", disse ternamente Honoré. "É minha tia", disse Violante. Era o vento. Mas Violante, que se levantara, muito oportunamente refrescada por aquele vento, não quis tornar a sentar-se e se despediu de Honoré, apesar de suas súplicas. Ela teve remorsos, uma crise de nervos, e por dois dias consecutivos custou a pegar no sono. Sua lembrança era-lhe um travesseiro ardente que ela revirava sem cessar. Dois dias depois, Honoré pediu para vê-la. Ela mandou dizer que saíra a passeio. Honoré não acreditou e não ousou mais voltar. No verão seguinte, relembrou Honoré com carinho, com tristeza também, pois sabia que ele partira como marujo num navio. Quando o sol já se pusera no mar, sentada no banco onde um ano atrás ele a trouxera, esforçava-se por lembrar os lábios estendidos de Honoré, seus olhos verdes semicerrados, seus olhares viageiros qual clarões vindo pousar sobre ela um pouco de cálida luz viva. E nas noites amenas, nas noites vastas e secretas, quando a certeza de que ninguém podia vê-la exaltava seu desejo, ela ouvia a voz de Honoré dizendo-lhe ao ouvido as coisas proibidas. Evocava-o inteiro, oferecido e obsedante feito uma tentação. Certa noite, ao jantar, olhou suspirando para o intendente sentado à sua frente. — Estou muito triste, meu Augustin, disse Violante. Ninguém me ama, disse ainda.

— No entanto, retrucou Augustin, quando uma semana atrás estive em Julianges arrumando a biblioteca, ouvi dizer a seu respeito: "É tão bonita!".

— Quem?, indagou tristemente Violante.

Um tênue sorriso mal erguia, desanimado, um canto de sua boca, como tentamos erguer uma cortina para deixar entrar a alegria da luz do dia.

— Aquele jovem do ano passado, o sr. Honoré...

— Pensei que estivesse no mar, disse Violante.

— Está de volta, disse Augustin.

Violante levantou-se imediatamente, foi quase

cambaleando até seu quarto escrever a Honoré que viesse visitá-la. Ao tomar a pena, teve uma sensação de felicidade, de força ainda ignorada, a sensação de que ordenava um pouco sua vida, segundo seu capricho e para sua própria volúpia; que às engrenagens de seus destinos que pareciam aprisioná-los mecanicamente longe um do outro ela podia assim mesmo dar um empurrãozinho, que ele surgiria à noite no terraço, e não no êxtase cruel de seu desejo insaciado, que suas carícias inaudíveis — seu perpétuo romance interior — e as coisas possuíam realmente avenidas comunicantes, às quais ela se lançaria rumo ao impossível que tornaria viável ao criá-lo. No dia seguinte, recebeu a resposta de Honoré, que foi ler, trêmula, no banco em que ele a beijara.

Senhorita,

Recebo sua carta uma hora antes de partir o meu navio. Arribamos por oito dias apenas, e só voltarei dentro de quatro anos. Queira guardar a lembrança de

Seu mui terno e respeitoso

Honoré

Então, contemplando o terraço aonde ele não mais viria, onde ninguém lhe satisfaria o desejo, também aquele mar que o levava e lhe dava em troca, na imaginação da jovem, algo de seu grande encanto misterioso e triste, encanto das coisas que não nos pertencem, que refletem demasiados céus e banham demasiadas margens, Violante desfez-se em prantos.

— Meu pobre Augustin, disse ela, à noite, aconteceu-me um grande desgosto.

A primeira necessidade de confidências nascia, para ela, das primeiras decepções de sua sensualidade, tão naturalmente quanto nasce em geral das primeiras satisfações do amor. Ela ainda não conhecia o amor. Pouco tempo depois, sofreu por ele, sendo este o único modo de se aprender a conhecê-lo.

MAL DE AMOR

Violante apaixonou-se, isto é, um jovem inglês chamado Laurence foi durante vários meses objeto de seus mais insignificantes pensamentos, alvo de suas ações mais importantes. Fora uma vez à caça com ele e não compreendia por que o desejo de revê-lo sujeitava seu pensamento, empurrava-a pelos caminhos ao seu encontro, afastava dela o sono, destruía seu descanso e felicidade. Violante estava enamorada, foi desdenhada. Laurence apreciava a sociedade, ela passou a apreciá-la para segui-lo. Mas Laurence não dava atenção àquela camponesa de 20 anos. Ela adoeceu de desgosto e ciúme, foi esquecer Laurence nas Águas de…, mas seguiu ferida em seu amor-próprio por ver-se preterida por tantas mulheres que não lhe eram equiparáveis e decidida, a fim de superá-las, a conquistar todas as suas vantagens.

— Vou deixá-lo, meu bom Augustin, disse, e ir para junto da corte da Áustria.

— Deus nos livre, disse Augustin. Os pobres da região não serão mais consolados por sua caridade enquanto você estiver em meio a tanta gente ruim. Não irá mais brincar com nossas crianças nos bosques. Quem tocará o órgão da igreja? Não a veremos mais pintando no campo, não comporá mais canções.

— Não se preocupe, Augustin, disse Violante, só me mantenha, fiéis e belos, meu castelo e meus camponeses da Estíria. A sociedade me é apenas um meio. Oferece armas vulgares, mas invencíveis, e, se quiser ser amada algum dia, preciso possuí-las. Também me induz uma curiosidade e como que uma necessidade de levar uma vida um pouco mais material e menos reflexiva que esta. Quero, a um só tempo, um descanso e uma escola. Tão logo se estabeleça minha posição e acabem minhas férias, deixarei a sociedade pelo campo, pela boa gente simples e, o que a tudo prefiro, minhas canções. Numa hora próxima e precisa, vou me deter nesta ladeira e voltar à nossa Estíria viver com você, meu caro.

— Vai conseguir?, disse Augustin.

— Consegue-se o que se quer, disse Violante.

— Mas talvez já não queira a mesma coisa, disse Augustin.

— Por quê?, perguntou Violante

— Porque terá mudado, disse Augustin.

A MUNDANIDADE

As pessoas da sociedade são tão medíocres que bastou Violante querer juntar-se a elas para eclipsar quase todas. Os senhores mais inacessíveis, os artistas mais selváticos foram a seu encontro e cortejaram-na. Só ela tinha espírito, bom gosto, um porte que despertava a ideia de toda perfeição. Lançou comédias, perfumes e vestidos. As costureiras, os escritores, os cabeleireiros mendigaram sua proteção. A mais famosa modista da Áustria pediu-lhe permissão para se intitular sua feitora, o mais ilustre príncipe da Europa pediu-lhe permissão para se intitular seu amante. Ela achou por bem negar a ambos este sinal de estima que lhes consagraria definitivamente a elegância. Dentre os jovens que pediram para ser recebidos em sua casa, Laurence fez-se notar por sua insistência. Após ter-lhe causado tanto desgosto, inspirou-lhe então certa repulsa. E sua baixeza o afastou dela mais do que todo o seu desprezo anterior. "Não tenho o direito de indignar-me, refletia. Não o amei em virtude de sua grandeza de alma e bem pressentia, sem querer confessá-lo, que ele era vil. Isto não impediu que eu o amasse, só impediu que amasse igualmente a grandeza de alma. Eu julgava possível ser vil e, ao mesmo tempo, amável. Mas, assim que deixamos de amar, tornamos a preferir pessoas de coração. Que estranha era a paixão por aquele malvado, pois que era só da cabeça e não tinha a desculpa de ter-se extraviado pelos sentidos! O amor platônico é coisa pouca." Veremos que daí a uns tempos ela pôde observar que o amor sensual era menos ainda.

Augustin veio visitá-la, quis levá-la de volta para a Estíria.

— A senhora conquistou uma verdadeira realeza, disse ele. Não basta? Quem dera tornasse a ser a antiga Violante.

— Acabo justamente de conquistá-la, Augustin, retrucou Violante, deixe-me ao menos exercê-la por uns meses.

Um acontecimento que Augustin não previra desobrigou Violante, por certo tempo, de pensar em retirar-se. Após rejeitar 20 altezas sereníssimas, igual número de príncipes soberanos e um homem de talento que pediam sua mão, desposou o duque da Boêmia, detentor de atrativos extremos e 5 milhões de ducados. A notícia da volta de Honoré por pouco não rompeu o casamento às vésperas de ser celebrado. Mas um mal que o acometera desfigurava-o e tornou suas familiaridades odiosas para Violante. Ela chorou pela vaidade de seus desejos, voando outrora tão ardentes rumo à carne então em flor e agora para todo o sempre fenecida. A duquesa da Boêmia seguiu encantando, como fizera Violante da Estíria, e a imensa fortuna do duque só serviu para dar moldura condizente ao objeto de arte que ela era. De objeto de arte passou a objeto de luxo, por esta natural inclinação das coisas cá debaixo a descender ao pior se um nobre esforço não lhes mantiver o centro de gravidade como que acima de si mesmas. Augustin surpreendia-se com tudo o que ficava sabendo a seu respeito. "Por que é que a duquesa, escrevia ele, fala sem cessar de coisas que Violante desprezava tanto?"

— Porque eu agradaria menos com preocupações que, por sua própria superioridade, são antipáticas e incompreensíveis para as pessoas que vivem na sociedade, respondeu Violante. Mas estou entediada, meu bom Augustin.

Ele foi visitá-la, explicou-lhe por que estava entediada:

— Seu gosto pela música, pela reflexão, pela caridade, pela solidão, pelo campo, não é mais exercido. O sucesso a ocupa, o prazer a detém. Mas só se encontra a felicidade fazendo-se o que se gosta com as tendências profundas da alma.

— Como é que você sabe, você que não viveu?, disse Violante.

— Eu pensei, e isto é viver, disse Augustin. Mas

espero que a senhora logo se enfastie com esta vida insípida.

Violante foi-se entediando mais e mais, nunca mais estava alegre. Então, a imoralidade da sociedade, que até então a deixara indiferente, apresou-a e feriu cruelmente, como a dureza das estações derruba os corpos que a enfermidade inabilita para a luta. Certo dia em que passeava sozinha numa avenida quase deserta, de um carro que de início não notara, desceu uma mulher que foi direto para ela. Abordou-a, e tendo-lhe perguntado se era mesmo Violante da Boêmia, contou que fora amiga de sua mãe e sentira o desejo de rever a pequena Violante que segurara no colo. Beijou-a com emoção, enlaçou-lhe a cintura e se pôs a beijá-la tantas vezes que Violante, sem despedir-se, fugiu em disparada. Na noite seguinte, Violante foi a uma festa em homenagem à princesa de Misène, que não conhecia. Reconheceu na princesa a abominável mulher da véspera. E uma idosa dama que Violante até então estimara perguntou-lhe:

— Quer que lhe apresente a princesa de Misène?

— Não!, disse Violante.

— Não seja tímida, disse a idosa dama. Tenho certeza de que vai agradá-la. Ela aprecia muito as mulheres bonitas.

Violante teve a partir daquele dia duas inimigas de morte, a princesa de Misène e a idosa dama, que a pintaram por toda parte como um monstro de orgulho e perversidade. Violante soube disso, chorou por si mesma e pela maldade das mulheres. Há muito já se conformara com a maldade dos homens. Logo passou a dizer toda noite ao seu marido:

— Depois de amanhã, vamos para a minha Estíria e não sairemos mais de lá.

Então havia uma festa que talvez lhe agradasse mais que as outras, um vestido mais bonito para mostrar. As necessidades profundas de imaginar, criar, viver sozinha e pelo pensamento, e também de dedicar-se, embora fazendo-a sofrer por não serem satisfeitas, embora impedindo-a de encontrar na sociedade a mera sombra de uma alegria, tinham-se embotado demais, já não eram assim tão imperiosas que a fizessem mudar de vida, que a forçassem a renunciar à sociedade e realizar seu verdadeiro destino. Seguia apresentando o espetáculo suntuoso e desolado de uma existência talhada para o infinito e aos poucos restrita a quase nada, trazendo apenas as sombras melancólicas do nobre destino que poderia ter cumprido e do qual cada dia mais e mais se afastava. Um amplo movimento de plena caridade que, qual maré, lavasse seu coração, nivelasse todas as desigualdades humanas que obstruem um coração mundano, era detido por mil diques de egoísmo, vaidade e ambição. A bondade agora só a agradava enquanto elegância. Ela ainda faria muitas caridades de dinheiro, mesmo caridades de seu esforço e até de seu tempo, mas toda uma parte de si mesma estava reservada, já não lhe pertencia. Ela ainda lia ou sonhava pela manhã, na cama, mas com um espírito falseado que agora se detinha do lado de fora das coisas e contemplava a si mesmo, não para se aprofundar, mas para se admirar voluptuosa e vaidosamente como ante um espelho. E, se nisso fosse anunciada a chegada de uma visita, não teria a vontade para mandá-la embora e seguir sonhando ou lendo. Chegara ao ponto de só experimentar a natureza com sentidos pervertidos, e o encanto das estações para ela só existia para perfumar-lhe as elegâncias e lhes dar tonalidade. Os encantos do inverno tornaram-se o prazer de ser friorenta e a alegria das caçadas fechou seu coração para as tristezas do outono. Queria às vezes tentar reencontrar, andando sozinha numa floresta, a fonte natural das alegrias verdadeiras. Mas, sob as tenebrosas ramagens, passeava deslumbrantes vestidos. E o prazer de ser elegante corrompia-lhe a alegria de estar sozinha e sonhar.

— Partimos amanhã?, perguntava o duque.

— Depois de amanhã, respondia Violante.

O duque então cessou de indagar. A Augustin que se lamentava, Violante escreveu: "Voltarei quando estiver um pouco mais velha". "Ah! respondeu Augustin, a senhora está deliberadamente entregando-lhes sua juventude; nunca há de voltar à nossa Estíria." Nunca voltou. Jovem, permanecera na sociedade para exercer o império de elegância que quase criança conquistara. Velha, permaneceu para defendê-lo. Foi em vão. Perdeu-o. E quando morreu, ainda tentava reconquistá-lo. Augustin contara com o fastio. Mas não contara com uma força que, se alimentada de início pela vaidade, vence o fastio, o desprezo, o próprio tédio: o hábito.

MELANCÓLICA VILEGIATURA DA SRA. DE BREYVES

> Ariane, minha irmã, por que amor ferida
> Morreste às margens em que foste
> deixada?

I

Françoise de Breyves hesitou muito, naquela noite, entre ir à festa da princesa Elisabeth d'A..., à Ópera ou à comédia dos Livray.

Na casa dos amigos, onde acabara de jantar, tinham saído da mesa havia mais de uma hora. Precisava fazer uma escolha.

Sua amiga Geneviève, que iria voltar com ela, insistia na festa da sra. d'A..., enquanto, sem saber bem por quê, a sra. de Breyves teria preferido uma das outras duas opções, ou mesmo uma terceira, ir dormir. Anunciaram seu carro. Ainda não decidira.

— Realmente, disse Geneviève, você não está sendo amável, pois acho que Rezké vai cantar e isto me diverte. Até parece que haveria para você graves consequências em ir à casa de Elisabeth. Para começar, você não esteve esse ano em nenhuma das grandes festas dela, o que, ligada a ela como você é, não é muito amável.

Françoise, desde a morte do marido, que a deixara viúva aos 20 anos — havia quatro anos —, não fazia quase nada sem Geneviève e gostava de agradá-la. Deixou de resistir a seu pedido e, depois de despedir-se dos donos da casa e dos convidados, desolados por terem desfrutado tão pouco da presença de uma das mulheres mais requisitadas de Paris, disse ao lacaio:

— Para a casa da princesa d'A...

II

A festa da princesa foi muito aborrecida. A certa altura, a sra. de Breyves perguntou a Geneviève:

— Quem é o moço que a acompanhou ao bufê?

— É o sr. de Laléande, que por sinal não conheço nem um pouco. Quer que o apresente? Ele me pediu que o fizesse, dei uma resposta vaga, porque ele é muito insignificante e aborrecido, e como a acha muito bonita não a largaria mais.

— Não, ora essa!, disse Françoise, ele é um pouco feio, por sinal, e vulgar, apesar dos olhos bastante belos.

— Tem razão, disse Geneviève. Além disso, irá encontrá-lo com frequência, poderia ser um incômodo conhecê-lo.

Acrescentou, brincando:

— Agora, caso deseje tornar-se íntima dele, está perdendo uma bela oportunidade.

— É, uma bela oportunidade, disse Françoise — já pensando em outra coisa.

— Apesar de quê, disse Geneviève, tomada, decerto, pelo remorso de ser tão infiel mandatária e gratuitamente privar o moço de um prazer, é uma das últimas festas da temporada, não seria muito grave, e talvez fosse mais amável.

— Pois bem, que seja, caso ele volte a passar por aqui.

Ele não voltou a passar. Estava do outro lado do salão, em frente a elas.

— Precisamos ir embora, disse Geneviève pouco depois.

— Só mais um instante, disse Françoise.

E, por capricho, sobretudo por coquetismo para com o moço, que de fato devia achá-la muito bonita, pôs-se a olhar para ele um tanto detidamente, para então desviar os olhos e fixá-los novamente. Olhando para ele, esforçava-se por ser acariciante, sem saber por quê, por nada, por prazer, prazer da caridade e, um pouco, do orgulho e também do inútil, o prazer dos que escrevem um nome numa árvore para um passante que nunca vai ver, dos que jogam uma garrafa ao mar. O tempo passava, já era bem tarde; o sr. de Laléande se dirigiu à porta, que ficou aberta depois de ele sair, e a sra. de Breyves o avistou ao fundo do vestíbulo, entregando sua ficha no vestiário.

— Está na hora de irmos, tem razão, disse a Geneviève.

Levantaram-se. Mas o acaso de uma palavra que um amigo de Geneviève tinha a dizer-lhe deixou Françoise sozinha no vestiário. Estava ali naquele momento apenas o sr. de Laléande, que não conseguia encontrar a bengala. Françoise entreteve-se a olhá-lo uma última vez. Ele passou perto dela, bateu levemente com o seu no cotovelo de Françoise e disse, com os olhos brilhando, encostando nela, ainda com jeito de estar procurando: "Venha à minha casa, rua Royale, 5".

Ela tão pouco previra aquilo e agora o sr. de Laléande tão bem continuava buscando a bengala, que ela posteriormente nunca soube ao certo se não fora alucinação. Tinha sobretudo muito medo, e estando o príncipe de A... a passar naquele momento, chamou-o, queria marcar um encontro com ele para um passeio no dia seguinte, falava com volubilidade. Durante a conversa, o sr. de Laléande fora-se embora. Geneviève chegou em seguida e as duas partiram. A sra. de Breyves não contou nada e ficou chocada e lisonjeada, no fundo muito indiferente. Dois dias depois, pensando nelas por acaso, começou a duvidar da realidade das palavras do sr. de Laléande. Procurando lembrar-se, não conseguiu totalmente, pensou tê-las ouvido como que em sonho e refletiu que o movimento do cotovelo fora um esbarrão fortuito. Então não pensou mais espontaneamente no sr. de Laléande, quando, por acaso, ouvia pronunciar seu nome, lembrava-se rapidamente de seu rosto, e esqueceu completamente a alucinação do vestiário.

Tornou a vê-lo na última festa que foi dada naquele ano (era final de junho), não ousou pedir que o apresentassem e, no entanto, embora o achasse quase feio e soubesse-o pouco inteligente, teria gostado de conhecê-lo. Aproximou-se de Geneviève e disse-lhe:

— Pois apresente-me o sr. de Laléande. Não gosto de ser indelicada. Mas não diga que sou eu quem está pedindo. Isso me comprometeria demais.

— Daqui a pouco, se o virmos, ele não se encontra no momento.

— Então, procure-o.

— Ele talvez já tenha ido embora.

— Claro que não, disse Françoise, bem depressa. Ele não pode ter ido, é muito cedo. Oh! já é meia-noite. Ora, minha Genevièvezinha, não é tão difícil assim. Na outra noite, era você quem queria. Por favor, isso tem certo interesse para mim.

Geneviève olhou para ela um tanto surpresa e

saiu em busca do sr. de Laléande; ele já havia ido embora.

— Está vendo, eu tinha razão, disse Geneviève, voltando para junto de Françoise.

— Estou me entediando aqui, disse Françoise, e com dor de cabeça, por favor, vamos embora logo.

III

Françoise nunca mais faltou à Ópera, aceitou com vaga esperança todos os jantares para os quais ainda foi convidada. Quinze dias se passaram, não tornara a ver o sr. de Laléande e seguidamente acordava de noite pensando num jeito de revê-lo. Embora repetisse a si mesma que era aborrecido e nada bonito, estava mais preocupada com ele do que com todos os outros homens mais charmosos e espirituosos. Finda a temporada, não surgiria a oportunidade de revê-lo. Ela resolvera criar alguma, e matutava.

Certa noite, disse a Geneviève:

— Você não me disse que conhecia o sr. de Laléande?

— Jacques de Laléande? Sim e não, ele me foi apresentado, mas nunca me deixou um cartão, não tenho qualquer relacionamento com ele.

— Sabe o que é, tenho um pequeno interesse, meio grande até, por coisas que não me dizem respeito e que não me será permitido contar a você antes de um mês (até lá ela combinaria com ele uma mentira para que não descobrissem, e essa ideia de um segredo só entre eles dois era-lhe doce), em vir a conhecê-lo e encontrar-me com ele. Por favor, tente achar uma maneira, porque a temporada acabou, não vai acontecer mais nada e já não terei como lhe ser apresentada.

As estreitas práticas da amizade, tão purificadoras quando sinceras, abrigavam tanto Geneviève quanto Françoise das curiosidades tolas que são a infame volúpia das pessoas da sociedade em geral. Assim, de todo o coração, sem ter um instante sequer a intenção, ou o desejo, nem mesmo a ideia de interrogar a amiga, Geneviève procurava um meio, só se afligindo por não encontrá-lo.

— É uma pena que a sra. de A... já tenha viajado. Há o sr. de Grumello, mas afinal não adianta, dizer-lhe o quê? Oh! tenho uma ideia. O sr. de Laléande toca violoncelo, meio mal, mas não tem importância. O sr. de Grumello o admira, e depois, ele é tão tolo, e ficará contente em agradá-la. Só que você, que sempre o manteve a distância e não gosta de abandonar as pessoas depois de usá-las, não vai querer ser obrigada a convidá-lo no ano que vem.

Mas Françoise, corada de alegria, já exclamava:

— Ora, pouco se me dá, convido todos os rastaqueras de Paris, se preciso for. Oh! seja rápida, minha Genevièvezinha, como você é gentil!

E Geneviève escreveu:

Senhor,

Sabe como procuro todas as oportunidades de agradar minha amiga, a sra. de Breyves, que o senhor decerto já conhece. Ela, em minha presença, em várias ocasiões, ao falarmos de violoncelos, lamentou nunca ter ouvido tocar o sr. de Laléande, que é tão seu amigo. Poderia fazer com que ele tocasse para ela e para mim? Agora que estamos tão disponíveis, isto não há de ser demasiado transtorno e não poderia ser mais gentil. Receba minhas melhores lembranças,

Alériouvre Buivres.

"Leve agora mesmo este recado ao sr. de Grumello, disse Françoise a um criado; não aguarde resposta, mas que seja entregue em sua presença."

No dia seguinte, Geneviève mandava levar à sra. de Breyves a seguinte resposta do sr. de Grumello:

Senhora,

Eu ficaria mais feliz do que pode imaginar em atender ao seu desejo e ao da sra. de Breyves, que conheço um pouco e por quem nutro a mais respeitosa e vívida simpatia. Estou, pois, desesperado por um infeliz acaso ter, há apenas dois dias, levado o sr. de Laléande para Biarritz onde, infelizmente, passará vários meses.

Queira aceitar, minha senhora, etc.

Grumello.

Françoise, toda branca, atirou-se para a porta a fim de chaveá-la, mal teve tempo para isto. Soluços já irrompiam em seus lábios, lágrimas rolavam. Até então inteiramente ocupada em imaginar romances para vê-lo e conhecê-lo, certa de realizá-los assim que quisesse, vivera daquele desejo e daquela esperança sem talvez se dar conta. Mas, através de mil imperceptíveis raízes que se tinham cravado em todos os seus mais inconscientes instantes de felicidade ou melancolia, neles fazendo circular seiva nova, sem que soubesse de onde provinha, aquele desejo implantara-se dentro dela. E agora o arrancavam para jogá-lo no impossível. Sentiu-se dilacerada, sofrendo terrivelmente por tudo isso, ela mesma desarraigada de súbito, e através das mentiras repentinamente aclaradas de sua esperança, na profundeza de seu pesar, enxergou a realidade de seu amor.

IV

Françoise foi cada dia retirando-se mais e mais de toda alegria. Às mais intensas, até àquelas que experimentava na intimidade com a mãe ou com Geneviève, em suas horas de música, leitura ou passeio, ela só emprestava um coração possuído por uma mágoa ciumenta que não a deixava um instante sequer. Era infinita a dor que lhe causavam tanto sua impossibilidade de ir a Biarritz como, fosse isso possível, sua determinação absoluta de lá não ir comprometer por uma atitude insensata todo o prestígio que acaso tivesse aos olhos do sr. de Laléande. Pobre vitimazinha, torturada sem saber por quê, assustava-se ao pensar que aquele mal talvez durasse meses assim antes que viesse o remédio, sem deixá-la dormir serena, sonhar livre. Preocupava-a também não saber se ele iria passar por Paris, talvez em breve, sem que ela soubesse. E o medo de deixar a felicidade passar tão perto pela segunda vez deu-lhe ânimo, mandou um criado informar-se junto ao zelador do sr. de Laléande. Este não sabia de nada. Então, compreendendo que mais nenhuma vela de esperança surgiria ao rés daquele mar de tristeza que se ampliava ao infinito, além de cujo horizonte parecia não haver mais nada e findar-se o mundo, sentiu que ia fazer coisas doidas, não sabia o quê, escrever-lhe quem sabe e, transformada em seu próprio médico, para acalmar-se um pouco, permitiu-se tentar fazer com que ele soubesse que quisera vê-lo e escreveu o seguinte ao sr. de Grumello:

Senhor,

A sra. de Buivres comunicou-me seu amável intento. Como lhe agradeço e fico tocada! Mas uma coisa me preocupa. O sr. de Laléande não me terá achado indiscreta? Se não o souber, pergunte-lhe e responda-me, quando souber, toda a verdade. Isto me deixa muito curiosa, e o senhor me terá sido agradável. Mais uma vez, senhor, obrigada.

Creia em meus melhores sentimentos,

Voragynes Breyves.

Uma hora mais tarde, um criado trazia-lhe a seguinte carta:

Não se preocupe, minha senhora. O sr. de Laléande não soube que queria ouvi-lo tocar. Perguntei-lhe que dias ele poderia vir tocar em minha casa sem mencionar para quem. Ele respondeu-me de Biarritz que não voltaria antes do mês de janeiro. Tampouco me agradeça. Minha maior satisfação estaria em proporcionar-lhe alguma, etc.

Grumello.

Não havia mais nada a fazer. Não fez mais nada, foi se entristecendo mais e mais, sentiu remorsos por entristecer-se assim, por entristecer sua mãe. Foi passar uns dias no campo, depois viajou para Trouville. Lá, ouviu falar nas ambições mundanas do sr. de Laléande e quando um príncipe, empenhando-se, perguntava: "O que posso fazer para lhe ser agradável?", ela quase se alegrava imaginando quão surpreso ele ficaria se ela respondesse com sinceridade e concentrava, para saboreá-lo, todo o estonteante amargor que havia na ironia daquele contraste entre todas as grandes coisas difíceis que sempre tinham sido feitas para agradar-lhe, e a coisinha tão fácil e tão impossível que lhe teria devolvido calma, saúde, felicidade e a felicidade dos seus. Só satisfazia-se um pouco junto a seus criados, que tinham imensa admiração por ela e serviam-na sem ousar falar-lhe, sentindo-a tão triste. O silêncio deles, respeitoso e tristonho, falava-lhe do sr. de Laléande. Ela o escutava com volúpia e mandava que servissem bem lentamente o almoço para retardar a hora em que chegariam suas amigas, em que seria preciso forçar-se. Por causa dele, queria conservar muito tempo na boca o gosto amargo e doce de toda aquela tristeza à sua volta. Gostaria que mais seres ainda fossem dominados por ele, aliviando-se ao sentir o que ocupava tanto espaço em seu coração ocupar algum à sua volta, desejaria ter para si animais enérgicos que padecessem com seu mal. Certas horas, desesperada, queria escrever-lhe, ou mandar que lhe escrevessem, desonrar-se, "nada mais existia para ela". Mas era melhor, no próprio interesse de seu amor, manter sua posição social, que um dia lhe poderia dar mais autoridade sobre ele, se este dia chegasse. E se uma curta intimidade com ele rompesse o encanto que lançara sobre ela (ela não queria, não podia acreditar nisto, nem mesmo imaginá-lo por um instante; mas seu espírito, mais perspicaz, entrevia essa cruel fatalidade nas cegueiras de seu coração), ficaria, depois, sem nenhum apoio no mundo. E, se outro amor sobreviesse, já não teria os recursos que agora ao menos lhe restavam, este poder que, quando voltassem a Paris, tornaria tão fácil a intimidade com o sr. de Laléande. Tentando apartar-se dos próprios sentimentos e olhar para eles como para um objeto que se examina, pensava consigo mesma: "Sei que ele é medíocre e sempre o considerei assim. É ainda esta a opinião que faço dele, não mudou. A perturbação infiltrou-se desde então, mas não conseguiu alterar esta opinião. É mesmo muito pouco, e é por este pouco que eu vivo. Vivo para Jacques de Laléande!". Mas em seguida, ao pronunciar seu nome, por uma associação desta vez involuntária e sem análise, ela o revia e experimentava tamanho bem-estar e tamanha tristeza que sentia não ter importância esta pouca coisa que ele era, já que a levava a experimentar sofrimentos e alegrias diante das quais as outras não eram nada. E, embora pensando que ao conhecê-lo melhor tudo aquilo esvaeceria, dava àquela miragem toda a realidade de sua dor e volúpia. Uma frase dos *Maîtres Chanteurs* que ouvira na festa da princesa d'A... tinha o dom de evocar-lhe o sr. de Laléande com o máximo de precisão (*Dem Vogel der heut sang dem war der Schnabel hold gewachsen*).[1] Fizera dela, sem querer, o verdadeiro *leitmotiv* do sr. de Laléande e certo dia, ao ouvi-la em Trouville durante um concerto, desatou em prantos. De vez

[1]Numa tradução livre: "O pássaro que cantou esse alvorecer, da própria natureza aprendeu seu canto", *Mestres cantores*, ato II, cena 3, de Richard Wagner. [N. do E.]

em quando, não muito seguido para não se enfastiar, trancava-se no quarto, para onde mandara transportar o piano, e punha-se a tocar fechando os olhos para vê-lo melhor, era a sua única alegria estonteante com finais desencantados, o ópio de que não podia prescindir. Detendo-se às vezes para escutar correr sua mágoa, como nos inclinamos para ouvir o doce e incessante lamento de uma fonte, e pensando na atroz alternativa entre sua vergonha futura, da qual decorreria o desespero dos seus e (se não cedesse) sua tristeza eterna, maldizia-se por ter tão sabiamente dosado em seu amor o prazer e a mágoa que não soubera rejeitar de início, como a um insuportável veneno, nem curar-se depois. Maldizia primeiro os seus olhos e antes, talvez, seu detestável espírito de coquetismo e curiosidade que os fizera desabrochar como flores para atentar aquele moço, depois a expusera aos olhares do sr. de Laléande, certeiros como setas e com mais invencível doçura que injeções de morfina. Maldizia também sua imaginação; nutrira tão ternamente o seu amor que Françoise por vezes se perguntava se não fora também sua imaginação que gerara sozinha aquele amor que agora a martirizava e a torturava. Maldizia também sua fineza, que tão habilmente, tão bem e tão mal, arranjara para revê-lo tantos romances cuja frustrante impossibilidade talvez a tivesse ligado ainda mais ao herói — sua bondade e a delicadeza de seu coração que, caso ela se entregasse empestariam com remorsos e vergonha a alegria daqueles amores culpados —, sua vontade tão impetuosa, tão excitada, tão audaciosa para transpor os obstáculos quando seus desejos a levavam ao impossível, tão fraca, frouxa e quebrantada, não só para desobedecê-los, mas também quando algum outro sentimento a guiava. Maldizia, por fim, seu pensamento em suas mais divinas espécies, dom supremo que recebera e ao qual, sem que se soubesse dar-lhe o verdadeiro nome, foram dados todos os nomes — intuição do poeta, êxtase do crente, sentimento profundo da natureza e da música —, que perante seu amor pusera cumes, horizontes infindos, deixara-os banhar-se à luz sobrenatural de seu encanto e em troca emprestara ao amor dela um pouco do seu próprio, que interessara àquele amor, solidarizara-se com ele e confundira toda a sua mais alta e íntima vida interior, consagrara-lhe, como o tesouro de uma igreja à Madona, todas as mais preciosas relíquias de seu coração e pensamento, de seu coração, que ela ouvia gemer pelas festas ou no mar, cuja melancolia era agora irmã daquela que sentia por não vê-lo: maldizia este inexprimível sentimento do mistério das coisas em que nosso espírito se abisma num reluzir de beleza, como o sol se pondo no mar, por ter aprofundado o seu amor, tê-lo imaterializado, alargado, tornado-o infinito, sem torná-lo menos torturante, "pois — como disse Baudelaire, ao falar das tardes de outono — há certas sensações de que o indefinido não exclui a intensidade, e ponta mais aguçada não há que a do infinito".

V

> E consumia-se desde o nascer do dia, nas algas da praia, guardando no fundo do peito, qual flecha no fígado, a ardente chaga da grande Kypris.
>
> Teócrito, *O ciclope*

É em Trouville que acabo de rever a sra. de Breyves, que eu conhecia mais feliz. Se ela amasse o sr. de Laléande por sua beleza ou seu espírito, poderíamos buscar, para distraí-la, um jovem mais espirituoso ou bonito. Se sua bondade ou amor por ela é que a tivessem ligado a ele, outro poderia tentar amá-la com mais fidelidade. Mas o sr. de Laléande não é nem belo, nem inteligente. Não teve oportunidade de provar-lhe se era terno ou duro, esquecido ou fiel. É, portanto, a ele que ela ama, e não a méritos ou encantos encontrados em grau igual nos outros homens; é a ele, sim, que ela ama, apesar de suas imperfeições, apesar de sua mediocridade; está, portanto, destinada a amá-lo apesar de tudo. Saberia o que era *ele*? Apenas que nela emanava frêmitos de desolação ou beatitude tais que todo o resto de sua vida e das coisas já não contava. A figura mais bela, a inteligência mais original não possuiriam aquela essência peculiar e misteriosa, tão única que jamais pessoa humana terá um duplo exato no infinito dos mundos nem na eternidade do tempo. Sem Geneviève de Buivres, que inocentemente a levara à casa da princesa d'A..., tudo isto não teria acontecido. Mas as circunstâncias se encadearam e a aprisionaram, vítima de um mal sem remédio, porque sem razão. Sem dúvida, o sr. de Laléande, a esta hora decerto levando, a passear na praia de Biarritz, uma vida medíocre e sonhos mirrados, ficaria bem surpreso se soubesse da outra existência que possui na alma da sra. de Breyves, milagrosamente intensa a ponto de subordinar tudo, aniquilar tudo que não seja ela mesma, existência tão continuada quanto sua existência pessoal, tão efetivamente se traduzindo em atos, dela só se distinguindo por uma consciência mais aguçada, menos intermitente, mais rica. Quão surpreso ficaria se soubesse que ele, normalmente pouco procurado em seus aspectos materiais, é subitamente evocado, onde quer que vá a sra. de Breyves, entre as pessoas mais talentosas, nos salões mais exclusivos, nas paisagens que mais se bastam a si mesmas, e que esta mulher tão amada deixa imediatamente de ter qualquer ternura, pensamento, atenção que não para a lembrança do intruso diante do qual tudo se apaga, como se só ele tivesse a realidade de uma pessoa e as pessoas presentes fossem tão vãs como lembranças ou sombras. Quer a sra. de Breyves passeie com um poeta ou almoce com uma arquiduquesa, deixe Trouville para ir à montanha ou ao campo, esteja sozinha, lendo, ou converse com o amigo preferido, monte a cavalo ou durma, o nome, a imagem do sr. de Laléande está sobre ela, deliciosa, cruel, inevitável, como o céu sobre as nossas cabeças. Chegou ao ponto, ela que detestava Biarritz, de ver em tudo o que toca àquela cidade um doloroso e perturbador encanto. Inquieta-se com as pessoas que lá se encontram, que talvez o vejam sem saber, que talvez convivam com ele sem aproveitar. Por estas pessoas ela não sente rancor e, sem ousar entregar-lhes recados, interroga-as sem cessar, surpreendendo-se às vezes que tanto a escutem falar por aí do seu segredo sem que ninguém o descubra. Uma fotografia grande de Biarritz é um dos únicos ornamentos de seu quarto. Empresta, a um dos transeuntes que nela aparecem sem distinguir-se, os traços do sr. de Laléande. Se soubesse a música ruim que ele aprecia e toca, as menosprezadas romanças decerto tomariam, em seu piano e em breve em seu coração, o lugar das sinfonias de Beethoven e dos dramas de Wagner, por um rebaixamento sentimental de seu gosto e pelo encanto que aquele de que provinha todo o seu encanto e mágoa nelas projetava. Por vezes, a imagem daquele que ela só vira duas ou três vezes e por alguns instantes, que ocupa tão pouco espaço nos acontecimentos externos de sua vida mas que em seu pensamento e coração ocupou um lugar tão absorvente a ponto de tomá-los de todo, turva-se ante os olhos cansados da memória. Já não o enxerga, não lembra suas feições, sua silhueta, nem quase seus olhos. Esta imagem é, no entanto, tudo o que possui dele. Fica transtornada ao pensar que pode vir a perdê-la, que o desejo — que certamente a tortura, mas que agora é ela inteira, no qual se refugiou toda, depois de fugir de tudo, que ela preza como prezamos a conservação, a vida, boa ou má — poderia esvaecer-se e restar apenas o sentimento de um mal-estar e de um sofrimento de sonho, que não mais saberia qual objeto os causa, não mais o veria nem em seu pensamento e não poderia mais querê-lo. Mas eis que retorna a imagem do sr. de Laléande após esta momentânea desordem da visão interior. Sua tristeza pode recomeçar e é quase uma alegria.

Como é que a sra. de Breyves suportará este retorno a Paris, para onde ele só voltará em janeiro? O que fará daqui até lá? O que fará ela, o que fará ele depois?

Vinte vezes eu quis ir a Biarritz e trazer de lá o sr. de Laléande. As consequências talvez fossem terríveis, mas não preciso examiná-las, ela não o permite. Fico desolado, porém, ao ver as pequenas têmporas batidas por dentro até se romperem sob os golpes sem trégua deste amor inexplicável. Ele cadencia toda a vida dela em compasso de angústia. Ela não raro imagina que ele vai chegar em Trouville, aproximar-se dela, dizer que a ama. Ela o vê, seus olhos brilham. Ele fala com aquela voz neutra do sonho que nos impede de acreditar, ao mesmo tempo em que nos obriga a escutar. É ele. Ele lhe diz aquelas palavras que nos fazem delirar, ainda que só as escutemos em sonhos, quando vemos brilhar, tão comovente, o divino sorriso confiante dos destinos que se unem. O sentimento de que os dois mundos da realidade e do seu desejo são paralelos, que é tão impossível para eles juntarem-se quanto à sombra o corpo que a projeta, imediatamente a desperta. Então, recordando do instante no vestiário quando seu cotovelo roçou o dela, quando ele lhe ofereceu o corpo que ela agora poderia apertar junto ao seu caso tivesse querido, se tivesse sabido, e que talvez esteja para sempre distante, sente os gritos de desespero e revolta atravessarem-na inteira como os que se escutam nos navios a naufragar. Se, ao passear pela praia ou nos bosques, permite que um prazer de contemplação ou devaneio, menos que isto, um cheiro bom, um canto que a brisa traz e leva, suavemente a penetre, faça-a esquecer por um momento o seu mal, sente subitamente, com um grande baque no coração, uma ferida dolorosa e, mais alto que as ondas ou as folhas, na incerteza do horizonte silvestre ou marinho, avista a indecisa imagem de seu invisível e presente vencedor, o qual, olhos brilhando além das nuvens como no dia em que se ofereceu a ela, foge levando a aljava com que acabou de lançar-lhe mais uma flecha.

O FIM DO CIÚME

I

> Dá-nos os bens, quer os peçamos, quer não, e afasta de nós os males ainda que os peçamos. — Esta oração me parece bela e segura. Se achares nela algum senão, não o escondas.
>
> Platão

"Minha arvorezinha, meu burrico, minha mãe, meu irmão, minha terra, meu Deuzinho, meu estrangeirinho, minha florzinha de lótus, minha conchinha, meu querido, minha plantinha, vá embora, deixe eu me vestir e irei encontrar com você à rua de la Baume às oito horas. Por favor, não chegue após as 8h15 porque estou com muita fome."

Ela tentou fechar a porta do quarto, mas Honoré ainda disse: "Pescoço!", e ela imediatamente estendeu o pescoço com uma docilidade, uma solicitude exageradas que o fizeram cair na risada:

— Mesmo que você não quisesse, ele disse, existem entre o seu pescoço e a minha boca, entre as suas orelhas e o meu bigode, entre as suas mãos e as minhas, pequenas amizades privadas. Estou certo de que não findariam se deixássemos de nos amar, tampouco posso impedir meu lacaio, depois que briguei com minha prima Paule, de ir toda noite conversar com a camareira dela. É por conta própria e sem minha anuência que minha boca vai ao seu pescoço.

Estavam agora a um passo um do outro. De repente, seus olhares se avistaram e cada um tentou fixar nos olhos do outro a ideia de que se amavam; ela ficou um segundo assim, em pé, e caiu numa cadeira sufocando, como se tivesse corrido. E disseram-se quase ao mesmo tempo com uma exaltação séria, os lábios pronunciando com força, como que para beijar: "Meu amor!".

Ela repetiu num tom aborrecido e triste, meneando a cabeça: "Sim, meu amor."

Ela sabia que ele não resistia àquele pequeno movimento da cabeça, ele jogou-se sobre ela beijando-a e disse devagar: "Malvada", e tão ternamente que os olhos dela ficaram molhados.

Sete e meia soaram. Ele se foi.

Chegando em casa, Honoré repetia para si mesmo: "Minha mãe, meu irmão, minha terra — ele parou — é, minha terra!... minha conchinha, minha arvorezinha", e não pôde evitar de rir ao pronunciar essas palavras que tinham tão depressa criado para seu próprio uso, essas palavrinhas que podem parecer vazias e que eles preenchiam com um sentido infinito. Entregando-se sem pensar ao gênio criativo e fecundo de seu amor, viram-se aos poucos dotados por ele de uma língua só deles, como um povo é dotado de armas, brincadeiras e leis.

Enquanto vestia-se para o jantar, seu pensamento voltava-se sem esforço para o momento em que ia revê-la, como um ginasta já toca no trapézio ainda distante rumo ao qual está voando, ou como uma frase musical parece alcançar o acorde que vai resolvê-la e o traz para si, pela distância que os separa, com a própria força do desejo que o promete e o chama. Assim é que Honoré atravessava rapidamente a vida havia um ano, apressando-se desde de a manhã para a hora da tarde em que iria vê-la. E seus dias na verdade não se constituíam de 12 ou 14 horas distintas, e sim de quatro ou cinco meias horas, de sua espera e de sua lembrança delas.

Honoré chegara havia poucos minutos em casa da princesa d'Alériouvre quando a sra. Seaune entrou. Ela cumprimentou a dona da casa e os vários convidados, e pareceu menos estar dando boa--noite a Honoré do que segurando sua mão como o poderia fazer durante uma conversa. Se o caso deles fosse conhecido, seria de pensar que tinham vindo juntos e ela esperara à porta alguns instantes para não entrarem ao mesmo tempo. Mas eles poderiam ficar dois dias sem se ver (o que em um ano não ocorrera nenhuma vez) e não experimentariam aquela alegre surpresa do reencontro que está por trás de todo cumprimento cordial, pois, não conseguindo ficar cinco minutos sem pensar um no outro, nunca podiam reencontrar-se, pois nunca estavam separados.

Durante o jantar, a cada vez que se falavam seus modos excediam em vivacidade e doçura os de um amigo e uma amiga, mas vinham impregnados de um respeito majestoso e natural que desconhecem os amantes. Mostravam-se assim semelhantes àqueles deuses que, conta a fábula, habitaram disfarçados entre os homens, ou como dois anjos, cuja fraterna intimidade exalta a alegria, mas não diminui o respeito que lhes inspira a nobreza comum de sua origem e sangue misteriosos. O ar, ao mesmo tempo que sentindo a força dos íris e rosas que reinavam indolentes sobre a mesa, ia aos poucos penetrando-se do aroma do carinho que Honoré e Françoise naturalmente exalavam. Em certos momentos, parecia recender com uma violência ainda mais deliciosa que sua doçura habitual, violência que a natureza não lhes permitira moderar mais do que o heliotrópio ao sol ou, sob a chuva, aos lilases em flor.

Assim é que sua ternura, não sendo secreta, era ainda mais misteriosa. Todos podiam aproximar-

-se, como daquelas pulseiras impenetráveis e indefesas nos pulsos de uma mulher apaixonada, que trazem escrito em caracteres visíveis e desconhecidos o nome que a faz viver ou morrer, e parecem sem cessar oferecer seu sentido aos olhos curiosos e decepcionados que não conseguem apreendê-lo.

"Por quanto tempo ainda a amarei?", pensava Honoré ao levantar-se da mesa. Lembrava de quantas paixões ao nascer ele julgara imortais e pouco tinham durado, e a certeza de que esta findaria algum dia ensombrecia a sua ternura.

Então lembrou-se de que, naquela mesma manhã, quando estava na missa, no momento em que o padre, lendo o Evangelho, dizia: "Jesus, estendendo a mão, disse: Esta criatura é meu irmão, é também minha mãe e todos os de minha família", ele por um instante estendera a Deus sua alma inteira, trêmulo, mas bem alto, como a uma palma, e rezara: "Meu Deus! Meu Deus! Dai-me a graça de amá-la sempre. Meu Deus, é a única graça que vos peço, fazei, meu Deus, vós que o podeis, com que eu a ame para sempre!".

Agora, numa dessas horas inteiramente físicas em que a alma em nós se retira para trás do estômago que digere, da pele que desfruta de uma ablução recente e uma roupa fina, da boca que fuma, do olho que se farta de espáduas desnudas e luzes, ele repetia mais frouxamente a oração, duvidando de um milagre que viesse perturbar a lei psicológica da sua inconstância tão impossível de romper quanto as leis físicas da gravidade ou da morte.

Ela viu seus olhos preocupados, levantou-se e, passando perto dele, que não a vira, e, como estivessem meio afastados dos demais, disse com o tom arrastado, choroso, o tom de criancinha que sempre o fazia rir, e como se ele acabasse de falar com ela:

— O quê?

Ele pôs-se a rir e disse:

— Nem mais uma palavra, ou vou beijá-la, está me ouvindo, beijá-la diante de todo o mundo!

Ela primeiro riu, e então, reassumindo seu arzinho triste e descontente para diverti-lo, disse:

— Sim, muito bem, você não estava pensando nem um pouco em mim!

E ele, rindo ao fitá-la, respondeu:

— Como você sabe mentir!, e, docemente, acrescentou: Malvada! Malvada!

Ela deixou-o e foi conversar com os demais. Honoré refletia: "Vou tentar, quando sentir meu coração desligar-se dela, retê-lo tão suavemente que ela sequer vai perceber. Serei sempre igualmente carinhoso, respeitoso. Vou ocultar-lhe o novo amor que terá, em meu coração, substituído o meu amor por ela com o mesmo cuidado com que lhe oculto hoje os prazeres que, sozinho, meu corpo aqui e ali experimenta fora dela". (Lançou os olhos na direção da princesa d'Aleriouvre.) E deixaria que ela, por sua vez, fosse, aos poucos, fixando sua vida em outras partes, com outros vínculos. Não seria ciumento, ele próprio indicaria os que a seu ver poderiam oferecer-lhe uma homenagem mais decente ou gloriosa. Quanto mais imaginava em Françoise outra mulher a quem não amaria, mas da qual desfrutaria sabiamente de todos os encantos espirituais, mais a partilha lhe parecia nobre e fácil. As palavras de amizade tolerante e doce, de bela caridade a ser feita aos mais dignos com o que temos de melhor, afluíam frouxamente de seus lábios serenos.

Nisso, Françoise, ao perceber que eram dez horas, deu boa-noite e retirou-se. Honoré a acompanhou até o carro, beijou-a imprudentemente na noite e voltou.

Três horas mais tarde, Honoré voltava a pé com o sr. de Buivres, cujo retorno de Tonquim fora festejado naquela noite. Honoré o inquiria acerca da princesa d'Alériouvre, a qual, tendo enviuvado mais ou menos na mesma época, era muito mais bonita que Françoise. Honoré, sem estar apaixonado por ela, teria tido grande prazer em possuí-la se estivesse seguro de consegui-lo sem que Françoise ficasse sabendo e se magoasse.

— Sabe-se menos que nada sobre ela, disse o sr. de Buivres, ou pelo menos sabia-se menos que nada quando viajei, pois desde que regressei não vi ninguém.

— Em suma, não havia ninguém muito fácil esta noite, concluiu Honoré.

— Não, não muito, respondeu o sr. de Buivres; e como Honoré chegara diante de casa, a conversa se encerrava por ali, quando o sr. de Buivres acrescentou:

— Com exceção da sra. Seaune, a quem o senhor deve ter sido apresentado, pois estava presente ao jantar. Se a quiser, é muito fácil. Mas ela a mim não diria nada disso!

— Mas nunca ouvi dizer o que o senhor está dizendo, disse Honoré.

— O senhor é jovem, respondeu Buivres, e olhe, estava lá esta noite um que se deu a bons desfrutes com ela, acho que é incontestável, aquele rapaz, François de Gouvres. Diz que ela tem um temperamento! Mas parece que não é bem apanhada. Ele não quis levar adiante. Aposto que neste exato momento ela está na folia por aí. O senhor já reparou como ela sempre se despede cedo?

— No entanto, desde que enviuvou, mora no mesmo prédio que o irmão, e não se arriscaria a que o zelador contasse que chega em casa no meio da noite.

— Mas meu jovem, entre dez e uma da manhã há tempo para se fazer muita coisa! Além disso, sabe-se lá? Mas já é quase uma hora, preciso deixá-lo ir deitar-se.

Ele próprio tocou a campainha; depois de um instante, a porta abriu-se; Buivres estendeu a mão a Honoré, que se despediu maquinalmente, entrou, sentindo-se ao mesmo tempo tomado pela louca necessidade de tornar a sair, mas a porta batera pesadamente atrás dele e, com exceção de seu castiçal que o esperava ardendo de impaciência ao pé da escada, já não havia luz alguma. Não ousou acordar o zelador para que abrisse a porta e subiu ao seu apartamento.

II

> Nossos atos são nossos anjos bons e maus, as sombras fatais que andam ao nosso lado.
>
> Beaumont e Fletcher

A vida mudara bastante para Honoré desde o dia em que o sr. de Buivres tocara, entre tantos outros, naqueles assuntos — parecidos com os que o próprio Honoré escutara ou pronunciara tantas vezes com indiferença, mas que ele já não cessava, de dia quando estava só, e a noite inteira, de escutar. Ele, em seguida, fizera umas perguntas a Françoise, que o amava demais e sofria demais com sua mágoa para pensar em se ofender; ela havia jurado que nunca o enganara e nunca o enganaria.

Quando estava com ela, quando segurava suas mãozinhas às quais dizia, repetindo os versos de Verlaine: "lindas mãozinhas que hão de fechar os meus olhos", quando a escutava dizer: "Meu irmão, minha terra, meu bem-amado", e sua voz se demorava, infindável, no seu coração com a doçura natal dos sinos, acreditava nela; e se já não se sentia feliz como antes, ao menos não lhe parecia impossível a seu coração convalescente reencontrar um dia a felicidade. Mas quando, longe de Françoise, e também às vezes junto dela, via seus olhos brilharem com chamas que ele logo imaginava terem sido acesas outrora — quem sabe, talvez ontem como o seriam amanhã —, acesas por outro; quando, acabando de ceder ao desejo puramente físico por outra mulher, e lembrando quantas vezes cedera e fora capaz de mentir para Françoise sem deixar de amá-la, já não achava absurdo supor que ela também lhe mentisse, que sequer precisava não amá-lo para mentir, e que antes de conhecê-lo ela se atirara para outros com este ardor que agora o queimava — e que lhe parecia mais terrível do que parecia doce o ardor que ela lhe inspirava, porque o via com a imaginação que tudo aumenta.

Então, tentou dizer a ela que a enganara; tentou não por vingança ou necessidade de fazê-la sofrer como ele, mas para que em troca ela também lhe dissesse a verdade, sobretudo para não mais sentir a mentira o habitando, para expiar as faltas de sua sensualidade já que, para criar um objeto para seu ciúme, em alguns momentos tinha a impressão de que era sua própria mentira e sua própria sensualidade que ele projetava em Françoise.

Foi certa noite, passeando na avenida dos Champs-Elysées, que ele tentou lhe dizer que a enganara. Assustou-se ao vê-la empalidecer e cair sem forças num banco, e mais ainda quando ela afastou sem raiva, porém com doçura, com um abatimento sincero e desolado, a mão que ele aproximava. Durante dois dias pensou que a perdera, ou melhor, que a reencontrara. Mas esta prova involuntária, fulgente e triste de seu amor que ela acabava de dar não bastava a Honoré. Tivesse ele obtido a impossível certeza de que ela nunca fora senão sua, o sofrimento ignorado que seu coração aprendera na noite em que o sr. de Buivres o acompanhara até em casa, não um sofrimento igual, ou a lembrança deste sofrimento, mas este mesmo sofrimento não teria cessado de doer nele, mesmo que lhe fosse demonstrado que não tinha razão de ser. Assim, ao despertar ainda estremecemos lembrando do assassino que já reconhecemos ser ilusão do sonho; assim, os amputados sentem a vida inteira dor na perna que já não têm.

Em vão andara durante o dia, cansara-se a cavalo, de bicicleta, nas armas, em vão encontrara

Françoise, acompanhara-a até em casa e, à noite, recolhera em suas mãos, em sua fronte, em seus olhos, a confiança, a paz, uma doçura de mel, para voltar para casa ainda apaziguado e rico da fragrante provisão; mal chegava e começava a inquietar-se, punha-se depressa na cama para pegar no sono antes que se lhe alterasse a felicidade, a qual, cautelosamente estendida em todo aquele bálsamo da ternura recente e fresca de menos de uma hora atrás, lograria atravessar a noite, até o dia seguinte, intacta e gloriosa feito um príncipe egípcio; mas sentia que as palavras de Buivres, ou uma imagem qualquer entre as inúmeras que criara desde então, surgiriam em seu pensamento e então seria o fim do sono. Ainda não surgira a imagem, mas ele a sentia ali, prontinha e, retesando-se contra ela, tornava a acender a vela, lia, esforçava-se, pelo sentido das frases que lia, por preencher o cérebro sem trégua e sem deixar nele um vazio, para que a horrível imagem não encontrasse um só momento ou o menor lugar para se insinuar.

Mas, de repente, deparava-se com ela, que havia entrado, e já não podia fazer com que saísse; a porta de sua atenção, que ele segurava com suas forças todas a se esgotarem, fora aberta de surpresa; tornara a fechar-se, e ele ia passar toda a noite com a terrível companheira. Assim, era seguro, era o fim, nesta noite, como nas outras, não conseguiria dormir um minuto sequer; pois bem, ia para o vidro de brometo, tomava três colheradas, e certo agora de que dormiria, assustado até de pensar que não poderia deixar de dormir, houvesse o que houvesse, punha-se novamente a pensar em Françoise com pavor, com desespero, com ódio. Queria, aproveitando o fato de sua ligação com ela ser ignorada, fazer apostas sobre sua virtude com outros homens, lançá-los sobre ela, ver se ela cedia, procurar descobrir alguma coisa, saber de tudo, esconder-se num quarto (lembrava-se de ter feito isto para divertir-se quando mais jovem) e assistir a tudo. Ele não esboçaria nenhuma reação, primeiro por causa dos outros, já que o teria pedido em tom de brincadeira — senão, que escândalo! Que raiva! —, mas, sobretudo, por causa dela, só para ver se no dia seguinte, quando perguntasse: "Você nunca me enganou?", ela iria responder: "Nunca", com o mesmo ar amoroso. Ela talvez confessasse tudo, e de fato não teria sucumbido não fossem seus artifícios. E esta teria sido então a salutar operação depois da qual seu amor ficaria curado da moléstia que o estava matando, como a moléstia de um parasita mata a árvore (bastava mirar-se em seu espelho parcamente iluminado por sua vela noturna para ter certeza). Que nada, a imagem sempre voltaria, tão mais poderosa que as de sua imaginação e com que baque de força imensurável em sua pobre cabeça, nem procurava imaginar.

Então, de repente, pensava nela, em sua doçura,

 sua ternura, sua pureza e queria chorar pelo ultraje que por um segundo pensara infligir-lhe. Só a ideia de propor tal coisa a companheiros de festa!

Em seguida sentia o frêmito generalizado, o desfalecimento que precede em alguns minutos o sono por brometo. De repente, sem que nada percebesse, nenhum sonho, nenhuma sensação, entre seu último pensamento e este, dizia a si mesmo: "Como? ainda não dormi?". Mas, vendo que era dia claro, compreendia que por mais de seis horas o sono do brometo o possuíra sem que ele o apreciasse.

Esperava que os latejos na cabeça se acalmassem um pouco, então se levantava e tentava em vão, com a água fria e a caminhada, trazer de volta alguma cor, para que Françoise não o achasse muito feio, com seu rosto pálido e os olhos abatidos. Saindo de casa, ia à igreja e lá, curvo e lasso, com todas as derradeiras forças desesperadas de seu corpo vergado que queria erguer-se e remoçar, de seu coração doente e avelhantado que queria curar-se, de seu espírito, sem cessar assediado e arfante e que queria paz, rezava a Deus, a quem, apenas dois meses atrás, pedia que lhe desse a graça de sempre amar Françoise, rezava a Deus agora com a mesma força, sempre com a força desse amor que outrora, certo de que morreria, pedia pela vida e que agora, apavorado por viver, implorava pela morte, rezava para que lhe desse a graça de não amar mais Françoise, de não amá-la por muito mais tempo, de não amá-la para sempre, de fazer com que pudesse enfim imaginá-la nos braços de outro sem sofrer, já que não conseguia mais imaginá-la senão nos braços de outro. E talvez não a imaginasse mais assim quando o pudesse imaginar sem sofrer.

Então lembrava-se do quanto temera não amá-la sempre, do quanto gravara então em sua memória, para que nada pudesse apagá-los, suas faces sempre estendidas para os seus lábios, sua fronte, suas mãozinhas, seus olhos graves, seus traços adorados. E súbito, percebendo-os despertos de sua calma tão doce pelo desejo de outro, queria não mais pensar neles e mais insistentemente ainda revia suas faces estendidas, sua fronte, suas mãozinhas — oh! suas mãozinhas também! — seus olhos graves, suas feições detestadas.

A partir daquele dia, ele próprio assustado a princípio por estar seguindo esta via, não deixou mais Françoise, espiando sua vida, acompanhando-a em suas visitas, seguindo-a em suas compras, esperando uma hora à porta das lojas. Se chegasse a pensar que assim a impedia materialmente de enganá-lo, teria decerto renunciado, temendo inspirar-lhe aversão; mas ela consentia com tanta alegria em sabê-lo sempre a seu lado, que esta alegria o foi tomando aos poucos e lentamente o enchia de uma confiança, uma certeza que nenhuma prova material teria podido lhe dar, como esses alucinados que às vezes se consegue curar fazendo com que toquem com a mão a poltrona, a pessoa viva que ocupa o lugar onde julgavam ver um fantasma e fazendo assim com que o fantasma do mundo real seja expulso pela própria realidade que não lhe dá mais lugar.

Honoré esforçava-se assim, iluminando e preenchendo em seu espírito todos os dias de Françoise com ocupações concretas, por suprimir os vazios e as sombras em que vinham emboscar-se os maus espíritos do ciúme e da suspeita que toda noite o assediavam. Tornou a dormir, seus sofrimentos eram mais raros, mais curtos, e, se então ele a chamasse, alguns poucos instantes de sua presença serenavam-no por toda a noite.

III

> Devemos fiar-nos à alma até o fim; pois coisas tão belas e magnéticas como as relações do amor só podem ser suplantadas e substituídas por coisas mais belas e de um grau mais elevado.
>
> Emerson

O salão da sra. Seaune, nascida princesa de Galaise-Orlandes, que mencionamos na primeira parte desta história pelo seu prenome, Françoise, é ainda hoje um dos salões mais concorridos de Paris. Numa sociedade em que o título de duquesa a teria confundido com tantas outras, seu sobrenome burguês distingue-se como uma mosca sobre um rosto e, em troca do título perdido por seu casamento com o sr. Seaune, adquiriu o prestígio de ter renunciado por livre vontade a uma glória que põe nas alturas, para uma imaginação bem nascida, os pavões brancos, os cisnes negros, as violetas brancas e as rainhas cativas.

A sra. Seaune recepcionou muito este ano e no ano passado, mas seu salão esteve fechado durante os três anos anteriores, ou seja, os que se seguiram à morte de Honoré de Tenvres.

Os amigos de Honoré, felizes por vê-lo aos poucos recobrar sua bela aparência e alegria de antes, encontravam-no agora o tempo todo com a senhora Seaune, e atribuíam sua melhora àquela relação que julgavam bem recente.

Foi apenas dois meses após o restabelecimento completo de Honoré que sobreveio o acidente da avenida do Bois-de-Boulogne, em que ele quebrou as duas pernas sob um cavalo disparado.

O acidente aconteceu na primeira terça-feira de maio; a peritonite declarou-se no domingo. Honoré recebeu os sacramentos na segunda e expirou nesta mesma segunda, às seis da tarde. Mas entre a terça-feira, dia do acidente, e o domingo à noite, foi o único que julgou estar perdido.

Na terça, lá pelas seis horas, feitos os primeiros curativos, ele pediu para ficar sozinho, mas que lhe trouxessem os cartões de visita das pessoas que já tinham vindo pedir notícias.

Naquela manhã, no máximo oito horas antes, descera a pé a avenida do Bois-de-Boulogne. Respirara e exalara alternadamente, no ar impregnado de brisa e de sol, reconhecera, no fundo dos olhos das mulheres que acompanhavam admirativas a sua beleza ligeira, um instante perdido no próprio desvio de sua caprichosa alegria, logo alcançado sem esforço e depressa distanciado entre os cavalos a galope e espumantes, provara no frescor de sua boca esfomeada e regada de ar cálido a mesma alegria profunda que embelezava a vida naquela manhã, sol, sombra, céu, pedras, vento leste e árvores, árvores tão majestosas como homens em pé, tão descansadas como mulheres dormindo em sua cintilante imobilidade. Num dado momento, consultara as horas, retornara sobre os seus passos e então... então acontecera aquilo. Num segundo, o cavalo que ele não vira quebrara-lhe as pernas. Aquele segundo de modo algum lhe parecia como dever ser necessariamente assim. Naquele mesmo segundo poderia ter estado um pouco adiante, ou um pouco atrás, ou o cavalo poderia ter-se desviado, ou, se estivesse chovendo, teria voltado mais cedo para casa ou, se não tivesse consultado as horas, não teria retornado sobre os seus passos e teria continuado até a cascata. Contudo, aquilo que tanto poderia não ter sido que ele podia um instante fingir que era apenas um sonho, aquilo era uma coisa real, fazia agora parte de sua vida, sem que toda a sua vontade pudesse mudar coisa alguma. Estava com as duas pernas quebradas e o ventre machucado. Oh! o acidente em si não era nada extraordinário; lembrava-se de que menos de uma semana atrás, durante um jantar em casa do doutor S..., tinham falado sobre C..., que fora ferido do mesmo modo por um cavalo disparado. O doutor, como pedissem notícias, dissera: "Seu estado é grave". Honoré insistira, perguntara sobre o ferimento, e o doutor respondera com um ar importante, pedantesco e melancólico: "Mas não se trata apenas do ferimento; é todo um conjunto; os filhos lhe causam dissabores; ele já não ocupa a mesma posição de antes; os ataques dos jornais o abalaram. Gostaria de estar enganado, mas seu estado é bem ruim". Dito isto, já que o doutor se sentia, pelo contrário, em excelente estado, mais saudável, mais inteligente e mais considerado que nunca, já que Honoré sabia que Françoise amava-o cada vez mais, que a sociedade aceitara seu relacionamento e inclinava-se não menos diante de sua felicidade que diante da grandeza de caráter de Françoise; já que, finalmente, a esposa do doutor S..., comovida ao imaginar o fim miserável e o abandono de C..., proibisse, por higiene, a si mesma e aos seus filhos, tanto de pensar em fatos tristes como de assistir a enterros, todos repetiram uma última vez: "Pobre C..., seu caso é grave", tomando uma última taça de vinho de Champagne, e sentindo pelo prazer que experimentavam ao bebê-la que o seu próprio "caso" era excelente.

Mas já não era a mesma coisa. Honoré, sentindo-se agora submergido pela ideia da sua desgraça, como não raro o estivera pela ideia da desgraça alheia, não conseguia, como antes, retomar pé em si mesmo. Sentia escapar sob os passos o solo da saúde do qual brotam nossas resoluções mais elevadas e alegrias mais graciosas, como na terra negra e molhada têm suas raízes os carvalhos e as violetas; e a cada passo tropeçava em si mesmo. Falando sobre C... naquele jantar em que tornava a pensar, dissera o doutor: "Já antes do acidente, e depois dos ataques nos jornais, eu encontrara com C..., e achara-lhe um aspecto amarelento, os olhos fundos, uma cara feia!". E o doutor passara a mão de habilidade e beleza célebres pelo rosto róseo e cheio, ao longo da barba fina e bem cuidada e cada qual imaginara com prazer a própria boa aparência, como um proprietário se detém a olhar seu locatário, jovem ainda, sereno e rico. Honoré agora, olhando-se no espelho, assustava-se com seu "aspecto amarelento", com sua "cara feia". E imediatamente assustou-o a ideia de que o doutor diria sobre ele as mesmas palavras que sobre C... , com a mesma indiferença. Aqueles mesmos que viriam a ele cheios de pena depressa se desviariam como de um objeto perigoso; acabariam por obedecer aos protestos da própria saúde, do desejo de serem felizes e viver. Então seu pensamento se dirigiu para Françoise e, encurvando os ombros, baixando a cabeça a despeito de si mesmo, como se o mandamento de Deus estivesse ali, erguido para ele, compreendeu com infinita e submissa tristeza que era preciso renunciar a ela. Teve a sensação da humildade de seu corpo, inclinado em sua fragilidade de criança, com sua resignação de doente, sob este pesar imenso, e teve pena de si mesmo como muitas vezes, no transcorrer de sua vida inteira, comovido percebera a si mesmo como a um menino e teve vontade de chorar.

Ouviu baterem na porta. Estavam trazendo os cartões que pedira. Sabia que viriam pedir notícias suas, pois não ignorava que seu acidente era grave, mas mesmo assim não imaginara que haveria tantos cartões, e se assustou ao ver que tantas pessoas tinham vindo, pessoas que o conheciam tão pouco e só teriam se abalado para o seu casamento ou enterro. Era um monte de cartões, e o zelador o carregava com cuidado para que não caísse da bandeja grande, de onde transbordavam. Mas de súbito, quando estava com todos aqueles cartões junto de si, o monte pareceu-lhe bem pouca coisa, ridiculamente pequeno, de fato, bem menor que a cadeira ou a lareira. E ficou ainda mais assustado por ser tão pouco, e sentiu-se tão sozinho que para se distrair pôs-se febrilmente a ler os nomes; um cartão, dois cartões, três cartões, ah! estremeceu e olhou de novo: "Conde François de Gouvres". Ele deveria saber que o sr. de Gouvres viria pedir notícias suas, mas há muito tempo não pensava nele, e imediatamente a frase de Buivres: "Estava lá esta noite um que se deu a bons desfrutes com ela, o François de Gouvres. Diz que ela tem um temperamento! Mas parece que não é bem apanhada. Ele não quis levar adiante", voltou-lhe à memória, e sentindo todo o antigo sofrimento que do fundo de sua consciência subia num instante à superfície, disse consigo mesmo: "Agora fico satisfeito se estiver perdido. Não morrer, ficar preso aqui e, durante anos, todo o tempo em que ela não estiver junto de mim, uma parte do dia, a noite inteira, vê-la com outro! E agora já não seria por doença que eu a veria assim, com certeza. Como é que ela ainda poderia me amar? Um amputado!". Parou de repente. "E se eu morrer, depois de mim?"

Ela tinha 30 anos, ele transpôs num salto o tempo mais ou menos longo em que ela se lembraria, seria fiel a ele. Mas viria um momento... "Ele diz *que ela tem um temperamento*... Quero viver, quero viver e quero andar, quero segui-la em toda parte, quero ser belo, quero que ela me ame!"

Nisso, assustou-se ao escutar sua respiração sibilante, sentia dor no lado, seu peito parecia ter-se aproximado das costas, não respirava como queria, tentava recobrar o fôlego e não conseguia. Sentia-se respirando a cada segundo e não respirando o bastante. Veio o médico. Honoré estava apenas com um leve acesso de asma nervosa. O médico foi-se, ele ficou mais triste; teria preferido que fosse mais grave e tivessem pena dele. Pois sentia muito bem que, se aquilo não era grave, outra coisa o era, e que ele estava indo embora. Lembrava-se agora de todos os sofrimentos físicos de sua vida, lamentava-se; aqueles que mais o amavam nunca tiveram pena dele a pretexto de que era nervoso. Durante os meses terríveis que passara depois de sua volta para casa com Buivres, quando se vestia às sete da manhã depois de ter andado a noite inteira, seu irmão, que ficava acordado 15 minutos nas noites que sucedem um jantar demasiado copioso, dizia-lhe: "Você presta demasiada atenção a si mesmo; eu também, certas noites não durmo. Aliás, a gente pensa que não dorme, mas sempre dorme um pouquinho".

Era verdade que prestava demasiada atenção a si mesmo; no fundo de sua vida, ele sempre prestava atenção na morte, que nunca o deixara completamente e que, sem destruir totalmente sua vida, minava-a, ora aqui, ora ali. Agora a sua asma estava aumentando, não conseguia recobrar o fôlego, seu peito todo fazia um doloroso esforço para respirar.

 E ele sentia afastar-se o véu que esconde de nós a vida, a morte que está em nós, e percebia a coisa assombrosa que é respirar, viver.

Em seguida viu chegar o momento em que ela seria consolada, e então, quem seria? E seu ciúme apavorou-se com a incerteza do acontecimento e com a sua necessidade. Ele poderia impedi-lo vivendo, ele não podia viver, e então? Ela diria que ia entrar num convento, mas quando ele morresse mudaria de ideia. Não! Preferia não ser duas vezes enganado, saber. Quem? Gouvres, Alériouvre, Buivres, Breyves? Vislumbrou-os todos e, apertando os dentes, sentiu a revolta furiosa que devia estar naquele momento indignando o seu semblante. Ele próprio acalmou-se. Não, não seria assim, não um homem de prazeres, tem que ser um homem que a ame de fato. Por que é que não quero que seja um homem de prazeres? É loucura me perguntar isso, é tão natural. Porque a amo por ela mesma, quero que seja feliz. Não, não é isto, é que não quero que excitem seus sentidos, que lhe deem mais prazer do que eu dei, que lhe deem qualquer prazer. Aceito que lhe deem felicidade, quero que lhe deem amor, mas não quero que lhe deem prazer. Sinto ciúme do prazer do outro, do prazer dela. Não sentirei ciúme de seu amor. É preciso que ela se case, que escolha bem... Mesmo assim, será triste.

Então um desejo seu de menino voltou-lhe à memória, do menino que ele era aos seis anos e ia deitar-se toda noite às oito horas. Quando sua mãe, em vez de ficar até a meia-noite em seu quarto, que era ao lado do de Honoré, para então deitar-se, devia sair por volta das onze e até lá vestir-se, ele suplicava-lhe que se vestisse antes do jantar e fosse para um lugar qualquer, não suportando a ideia de que, enquanto ele tentava pegar no sono, na casa, preparavam-se para uma festa, para sair. E para agradá-lo e acalmá-lo, sua mãe, toda arrumada e decotada, às oito horas vinha dar-lhe boa-noite e ia para a casa de uma amiga esperar a hora do baile. Só assim, naqueles dias para ele tão tristes em que sua mãe ia ao baile, conseguia, tristonho mas tranquilo, adormecer.

Agora, a mesma súplica que fazia à sua mãe, a mesma súplica a Françoise lhe vinha aos lábios. Gostaria de pedir-lhe que se casasse em seguida, que ela estivesse pronta, para que ele afinal pudesse adormecer para sempre, desolado mas calmo, nem um pouco preocupado com o que aconteceria depois que dormisse.

Nos dias que se seguiram, tentou falar com Françoise, que, como o próprio médico, não o julgava perdido e rechaçou com uma energia suave, mas inflexível, a proposta de Honoré. Eles tinham tanto o hábito de dizerem-se a verdade que diziam até mesmo a verdade que podia machucar o outro, como se bem no fundo de si mesmos, de seu ser nervoso e sensível, cujas suscetibilidades era preciso poupar, tivessem sentido a presença de um Deus, superior e indiferente a todas aquelas precauções que só serviam para as crianças, e que exigia e devia a verdade. E Honoré, perante este Deus que estava no fundo de Françoise, e Françoise, perante este Deus que estava no fundo de Honoré, sempre tinham sentido deveres ante os quais cedia o desejo de não se magoarem, não se ofenderem um ao outro, as mentiras mais sinceras da ternura e da piedade.

De modo que quando Françoise disse a Honoré que ele iria viver, ele sentiu que ela acreditava nisto e aos poucos se obrigou a acreditar também:

"Se eu tiver de morrer, não serei mais ciumento quando estiver morto; mas, e até que eu morra? Enquanto meu corpo viver, sim! Mas já que sinto ciúmes somente do prazer, já que o meu corpo é que é ciumento, já que não é do seu coração que sinto ciúmes, não é de sua felicidade, que eu desejo, que lhe seja dada por quem for mais capaz; quando meu corpo se apagar, quando a alma prevalecer sobre ele, quando eu me desprender aos poucos das coisas materiais como naquela noite em que estive muito doente, então não desejarei mais loucamente o corpo e amarei tanto mais a alma, não sentirei mais ciúmes. Então amarei de verdade. Não consigo conceber muito bem o que vai ser, agora com meu corpo ainda bem vivo e revoltado, mas posso imaginar um pouco, por aquelas horas em que, minha mão na mão de Françoise, encontrava numa ternura infinita e sem desejos o apaziguamento para meus sofrimentos e meu ciúme. Sentirei pesar ao deixá-la, mas será este pesar que outrora me aproximava mais de mim mesmo, que um anjo vinha consolar em mim, este pesar que me revelou o amigo misterioso dos dias de infortúnio, minha alma, será este pesar tranquilo, graças ao qual me sentirei mais belo para comparecer diante de Deus, e não a doença horrível que tanto tempo doeu em mim sem elevar meu coração, feito um mal físico que punge, degrada e diminui. É com meu corpo, com o desejo de seu corpo que irei me libertar. Sim, mas até lá, o que será de mim? mais fraco, mais que nunca incapaz de resistir a ela, prostrado sobre minhas duas pernas quebradas, quando, querendo correr até ela só para ver que não está lá onde terei sonhado que estava, quedarei-me aqui, sem poder me mexer, ludibriado por todos aqueles que poderão *desfrutá-la* à vontade bem à minha face de enfermo que eles já não temerão."

Na noite de domingo para segunda-feira, sonhou que sufocava, sentindo um enorme peso no peito. Pedia por misericórdia, já não tinha forças para deslocar aquele peso todo, o sentimento de que aquilo tudo estava assim sobre ele havia muito tempo era-lhe inexplicável, não podia mais tolerá-lo um segundo sequer, faltava-lhe ar. De repente, sentiu-se milagrosamente aliviado de todo aquele fardo que se afastava, se afastava, libertando-o para todo o sempre. E pensou consigo mesmo: "Estou morto!".

E, acima de si, via erguer-se tudo o que por tanto tempo pesara assim sobre ele a sufocá-lo; de início pensou que se tratasse da imagem de Gouvres, depois de suas próprias suspeitas, depois de seus desejos, depois daquela espera de outrora desde de manhã, gritando pelo momento em que veria Françoise, depois da ideia de Françoise. A cada minuto assumia uma nova forma, como uma nuvem, crescia, crescia sem cessar, e agora ele já não entendia como aquela coisa que ele compreendia ser imensa como o mundo poderia ter estado em cima dele, em cima do seu pequeno corpo de homem frágil, do seu pobre coração de homem sem energia, e como é que ele não fora esmagado. E compreendeu também que fora esmagado e que fora uma vida de esmagado a que ele levara. E aquela coisa imensa que pesara sobre o seu peito com toda a força do mundo, compreendeu que era o seu amor.

Tornou a dizer a si mesmo: "Vida de esmagado!" e lembrou que no momento em que o cavalo o derrubara ele pensara: "Vou ser esmagado", lembrou do seu passeio, de que iria naquela manhã almoçar com Françoise, e então, por este desvio, voltou-lhe à mente a ideia de seu amor. E ele pensou: "Era o meu amor que pesava em cima de mim?

E se não fosse o meu amor, o que seria? Meu caráter, quem sabe? Eu? Ou, quem sabe, a vida?". Então refletiu: "Não, quando eu morrer, não estarei livre do meu amor, e sim dos meus desejos carnais, do meu querer carnal, do meu ciúme". Disse então: "Meu Deus, faça chegar esta hora, faça-a chegar logo, meu Deus, para que eu conheça o perfeito amor".

No domingo à noite se declarara a peritonite; na segunda de manhã, por volta das dez horas, foi tomado pela febre, queria Françoise, chamava-a, com olhos ardentes: "Quero que os seus olhos brilhem também, quero dar-lhe prazer como nunca dei antes… quero até… até machucá-la". Então, de súbito, empalidecia de raiva. "Estou vendo por que você não quer, sei muito bem o que você deixou que fizessem com você hoje de manhã, e onde e quem, e sei que ele queria mandar me buscar, pôr-me atrás da porta para que eu os visse, sem poder partir para cima de vocês, pois que já não tenho pernas, sem poder impedi-los, porque vocês teriam tido ainda mais prazer me vendo ali, durante; ele sabe tão bem tudo o que é preciso para dar prazer a você, mas vou matá-lo antes, antes vou matá-la, e antes ainda vou me matar. Veja só! Eu me matei!". E tornava a cair sem forças sobre o travesseiro.

Foi aos poucos se acalmando e sempre procurando com quem ela poderia casar-se após sua morte, mas as imagens que ele afastava, a de François de Gouvres, a de Buivres, eram as que sempre o torturavam, eram as que voltavam sempre.

Ao meio-dia, recebeu os sacramentos. Disse o médico que ele não passaria daquela tarde. Estava perdendo as forças com extrema rapidez, já não conseguia absorver os alimentos, já quase não ouvia. Sua mente se mantinha livre e, sem dizer nada para não magoar Françoise, que via estar abatida, pensava nela depois que ele não fosse mais nada, que não soubesse mais nada dela, que ela não pudesse mais amá-lo.

Os nomes que ele dissera maquinalmente naquela mesma manhã, daqueles que talvez viessem a possuí-la, puseram-se novamente a desfilar na sua cabeça enquanto seus olhos acompanhavam uma mosca que se acercava do seu dedo como se quisesse tocá-lo, então voava e voltava, porém sem tocá-lo; e enquanto, reanimando sua atenção por um momento adormecida, voltava-lhe à mente o nome de François de Gouvres, pensou que ele talvez viesse de fato a possuí-la, e ao mesmo tempo refletia: "Talvez a mosca toque o lençol? Não, ainda não", então arrancando-se bruscamente ao seu devaneio: "Como? nenhuma dessas duas coisas me parece mais importante que a outra! Gouvres possuirá Françoise, a mosca tocará o lençol? Ah! A posse de Françoise é um pouco mais importante". Mas a precisão com que enxergava a diferença entre os dois fatos mostrou-lhe que nenhum deles tocava-o muito mais que o outro. E ele pensou: “Como, tanto faz para mim? Que triste!”. Então percebeu que ele só dizia “Que triste” por hábito e que, tendo totalmente mudado, não estava mais triste por ter mudado. Um vago sorriso descerrou seus lábios. “Aí está, pensou, o meu puro amor por Françoise. Já não sinto ciúmes, é que estou bem perto da morte; mas que importa, se tinha que ser assim para eu finalmente sentir por Françoise o verdadeiro amor?”

Mas então, erguendo os olhos, avistou Françoise entre os empregados, o médico, duas velhas parentas, todos rezando ali perto dele. E percebeu que o amor, puro de todo egoísmo, de toda sensualidade, que ele queria tão doce, vasto e divino dentro de si, bem-queria as velhas parentas, os empregados, o próprio médico tanto quanto a Françoise, e que, já sentindo por ela o amor de todas as criaturas a quem sua alma semelhante agora o unia, ele já não tinha por ela nenhum outro amor. E isso sequer podia trazer-lhe tristeza, de tanto amor exclusivo por ela, a ideia em si de uma preferência por ela se achava agora abolida.

Aos prantos, ao pé da cama, ela murmurava as mais belas palavras de outrora: “Minha terra, meu irmão”. Mas ele, sem vontade e sem forças para desenganá-la, sorria e refletia que sua “terra” já não estava mais nela, e sim no céu e no mundo inteiro. Repetia em seu coração: "Meus irmãos" e, se olhava para ela mais do que para os outros, era piedade apenas pela torrente de lágrimas que via jorrar de seus olhos, seus olhos que em breve se fechariam e não mais chorariam. Mas não a amava mais, nem diferentemente, que ao médico, às velhas parentas, aos empregados. E ali é que estava o fim de seu ciúme.

COLEÇÃO DE BOLSO HEDRA

1. *Iracema*, Alencar
2. *Don Juan*, Molière
3. *Contos indianos*, Mallarmé
4. *Auto da barca do Inferno*, Gil Vicente
5. *Poemas completos de Alberto Caeiro*, Pessoa
6. *Triunfos*, Petrarca
7. *A cidade e as serras*, Eça
8. *O retrato de Dorian Gray*, Wilde
9. *A história trágica do Doutor Fausto*, Marlowe
10. *Os sofrimentos do jovem Werther*, Goethe
11. *Dos novos sistemas na arte*, Maliévitch
12. *Mensagem*, Pessoa
13. *Metamorfoses*, Ovídio
14. *Micromegas e outros contos*, Voltaire
15. *O sobrinho de Rameau*, Diderot
16. *Carta sobre a tolerância*, Locke
17. *Discursos ímpios*, Sade
18. *O príncipe*, Maquiavel
19. *Dao De Jing*, Laozi
20. *O fim do ciúme e outros contos*, Proust
21. *Pequenos poemas em prosa*, Baudelaire
22. *Fé e saber*, Hegel
23. *Joana d'Arc*, Michelet
24. *Livro dos mandamentos: 248 preceitos positivos*, Maimônides
25. *O indivíduo, a sociedade e o Estado, e outros ensaios*, Emma Goldman
26. *Eu acuso!*, Zola — *O processo do capitão Dreyfus*, Rui Barbosa
27. *Apologia de Galileu*, Campanella
28. *Sobre verdade e mentira*, Nietzsche
29. *O princípio anarquista e outros ensaios*, Kropotkin
30. *Os sovietes traídos pelos bolcheviques*, Rocker
31. *Poemas*, Byron
32. *Sonetos*, Shakespeare
33. *A vida é sonho*, Calderón
34. *Escritos revolucionários*, Malatesta
35. *Sagas*, Strindberg
36. *O mundo ou tratado da luz*, Descartes
37. *O Ateneu*, Raul Pompeia
38. *Fábula de Polifemo e Galateia e outros poemas*, Góngora
39. *A vênus das peles*, Sacher-Masoch
40. *Escritos sobre arte*, Baudelaire
41. *Cântico dos cânticos*, [Salomão]
42. *Americanismo e fordismo*, Gramsci
43. *O princípio do Estado e outros ensaios*, Bakunin
44. *O gato preto e outros contos*, Poe
45. *História da província Santa Cruz*, Gandavo
46. *Balada dos enforcados e outros poemas*, Villon
47. *Sátiras, fábulas, aforismos e profecias*, Da Vinci
48. *O cego e outros contos*, D.H. Lawrence

49. *Rashômon e outros contos*, Akutagawa
50. *História da anarquia (vol. 1)*, Max Nettlau
51. *Imitação de Cristo*, Tomás de Kempis
52. *O casamento do Céu e do Inferno*, Blake
53. *Cartas a favor da escravidão*, Alencar
54. *Utopia Brasil*, Darcy Ribeiro
55. *Flossie, a Vênus de quinze anos*, [Swinburne]
56. *Teleny, ou o reverso da medalha*, [Wilde et al.]
57. *A filosofia na era trágica dos gregos*, Nietzsche
58. *No coração das trevas*, Conrad
59. *Viagem sentimental*, Sterne
60. *Arcana Cœlestia* e *Apocalipsis revelata*, Swedenborg
61. *Saga dos Volsungos*, Anônimo do séc. XIII
62. *Um anarquista e outros contos*, Conrad
63. *A monadologia e outros textos*, Leibniz
64. *Cultura estética e liberdade*, Schiller
65. *A pele do lobo e outras peças*, Artur Azevedo
66. *Poesia basca: das origens à Guerra Civil*
67. *Poesia catalã: das origens à Guerra Civil*
68. *Poesia espanhola: das origens à Guerra Civil*
69. *Poesia galega: das origens à Guerra Civil*
70. *O chamado de Cthulhu e outros contos*, H.P. Lovecraft
71. *O pequeno Zacarias, chamado Cinábrio*, E.T.A. Hoffmann
72. *Tratados da terra e gente do Brasil*, Fernão Cardim
73. *Entre camponeses*, Malatesta
74. *O Rabi de Bacherach*, Heine
75. *Bom Crioulo*, Adolfo Caminha
76. *Um gato indiscreto e outros contos*, Saki
77. *Viagem em volta do meu quarto*, Xavier de Maistre
78. *Hawthorne e seus musgos*, Melville
79. *A metamorfose*, Kafka
80. *Ode ao Vento Oeste e outros poemas*, Shelley
81. *Oração aos moços*, Rui Barbosa
82. *Feitiço de amor e outros contos*, Ludwig Tieck
83. *O corno de si próprio e outros contos*, Sade
84. *Investigação sobre o entendimento humano*, Hume
85. *Sobre os sonhos e outros diálogos*, Borges — Osvaldo Ferrari
86. *Sobre a filosofia e outros diálogos*, Borges — Osvaldo Ferrari
87. *Sobre a amizade e outros diálogos*, Borges — Osvaldo Ferrari
88. *A voz dos botequins e outros poemas*, Verlaine
89. *Gente de Hemsö*, Strindberg
90. *Senhorita Júlia e outras peças*, Strindberg
91. *Correspondência*, Goethe — Schiller
92. *Índice das coisas mais notáveis*, Vieira
93. *Tratado descritivo do Brasil em 1587*, Gabriel Soares de Sousa
94. *Poemas da cabana montanhesa*, Saigyō
95. *Autobiografia de uma pulga*, [Stanislas de Rhodes]
96. *A volta do parafuso*, Henry James
97. *Ode sobre a melancolia e outros poemas*, Keats
98. *Teatro de êxtase*, Pessoa

99. *Carmilla — A vampira de Karnstein*, Sheridan Le Fanu
100. *Pensamento político de Maquiavel*, Fichte
101. *Inferno*, Strindberg
102. *Contos clássicos de vampiro*, Byron, Stoker e outros
103. *O primeiro Hamlet*, Shakespeare
104. *Noites egípcias e outros contos*, Púchkin
105. *A carteira de meu tio*, Macedo
106. *O desertor*, Silva Alvarenga
107. *Jerusalém*, Blake
108. *As bacantes*, Eurípides
109. *Emília Galotti*, Lessing
110. *Contos húngaros*, Kosztolányi, Karinthy, Csáth e Krúdy
111. *A sombra de Innsmouth*, H.P. Lovecraft
112. *Viagem aos Estados Unidos*, Tocqueville
113. *Émile e Sophie ou os solitários*, Rousseau
114. *Manifesto comunista*, Marx e Engels
115. *A fábrica de robôs*, Karel Tchápek
116. *Sobre a filosofia e seu método — Parerga e paralipomena (v. II, t. I)*, Schopenhauer
117. *O novo Epicuro: as delícias do sexo*, Edward Sellon
118. *Revolução e liberdade: cartas de 1845 a 1875*, Bakunin
119. *Sobre a liberdade*, Mill
120. *A velha Izerguil e outros contos*, Górki
121. *Pequeno-burgueses*, Górki
122. *Um sussurro nas trevas*, H.P. Lovecraft
123. *Primeiro livro dos Amores*, Ovídio
124. *Educação e sociologia*, Durkheim
125. *Elixir do pajé — poemas de humor, sátira e escatologia*, Bernardo Guimarães
126. *A nostálgica e outros contos*, Papadiamántis
127. *Lisístrata*, Aristófanes
128. *A cruzada das crianças/ Vidas imaginárias*, Marcel Schwob
129. *O livro de Monelle*, Marcel Schwob
130. *A última folha e outros contos*, O. Henry
131. *Romanceiro cigano*, Lorca
132. *Sobre o riso e a loucura*, [Hipócrates]
133. *Hino a Afrodite e outros poemas*, Safo de Lesbos
134. *Anarquia pela educação*, Élisée Reclus
135. *Ernestine ou o nascimento do amor*, Stendhal
136. *A cor que caiu do espaço*, H.P. Lovecraft
137. *Odisseia*, Homero
138. *O estranho caso do Dr. Jekyll e Mr. Hyde*, Stevenson
139. *História da anarquia (vol. 2)*, Max Nettlau
140. *Eu*, Augusto dos Anjos
141. *Farsa de Inês Pereira*, Gil Vicente
142. *Sobre a ética — Parerga e paralipomena (v. II, t. II)*, Schopenhauer

Edição _ Jorge Sallum
Assistente editorial _ André Fernandes
Capa e projeto gráfico _ Júlio Dui e Renan Costa Lima
Programação em LateX _ Marcelo Freitas
Revisão _ André Fernandes, Bruno Costa e Graziela Marcolin
Assistência editorial _ Bruno Oliveira e Lila Zanetti
Colofão _ Adverte-se aos curiosos que se imprimiu esta obra em nossas oficinas em 6 de julho de 2012, em papel off-set 90 g/m², composta em tipologia Minion Pro, em GNU/Linux (Gentoo, Sabayon e Ubuntu), com os softwares livres LaTeX, DeTeX, VIM, Evince, Pdftk, Aspell, SVN e TRAC.